그만의 통찰과 직관이 그만의 풍자와 해학으로 버무려지면서 '우회'하는 듯 하지만 이내 '직격'합니다. 과거의 역사와 그 시대의 문체로 현 위정자들의 위선과 이기심을 갈파한 것, 주권자 국민을 대신해 용기 내어 죽비를 든 것은 통렬했고 통쾌했습니다. 그의 한마디 한마디가, 스스로가 주권자인 우리 국민들에게 행동하라고 일깨우는 지령처럼 느껴졌습니다. '평범'한 일상의 그가 드러내는 빛나는 '비범'함에 찬사를 보냅니다.

_ 윤석열(前 검찰총장)

조은산의 글은 강렬하다. 치열한 삶의 현장에서 꾹꾹 눌러 담은 에너지 때문이다. 그의 글이 앞으로도 쭉, 고단한 삶을 살아내는 동시대인들에게 통쾌함과 위로를 선사해줄 것이라 기대한다.

_ 윤희숙(국민의힘 의원)

조선의 독립은 거저 얻은 게 아니었다. 일제의 만행에서 벗어나고자 그들과 싸운 의병들이 있었으니 말이다. 그로부터 60여 년이 지난 지금, 의병들은 다시 봉기했다. 문재인의 폭정에서 벗어나려는 국민의 염원을 이루기 위해서다. 이 책은 그 의병들의 선봉장 '진인 조은산'이 국민에게 보내는 '토문 통격문', 부디 이 책을 읽어주기 바란다. 상식의 편이 승리할 수 있도록.

_ 서민(단국대 의대 교수, 《서민적 글쓰기》 저자)

조은산은 사람들의 가려운 부분을 잘 포착해 편하면서도 고풍스러운 문체로 마음을 숙연하게 하는 재주가 있다.

_ 김범준(《모든 관계는 말투에서 시작된다》 저자)

시 무 7 조

시무 7조

진인 塵人 조은산

매일경제신문사

프롤로그

사람은 누구나 저마다의 어둠을 지닌 채 살아간다.

나는 그것이 태어났을 때부터 모체로부터 끌어온 정신적·심리적 결함이 아닌, 결핍된 세상에 비비고 구르며 얻게 된 마음의 상처와 같은 것이라 믿는다. 삶의 주체로서의 억압, 가난으로부터의 핍박, 같은 인간 간에 횡행하는 차별과 같은 무참한 것들에서 어느 누가 자유로울 수 있었나. 하나의 온전한 세상을 바랐던 아이는 그렇게 빛을 잃었다.

아이는 글을 쓰기 시작했다. 어둠에 빗겨 가지런한 것들을 내다보며, 격랑에 쓸린 모래알 같은 것들을 만나며, 그의 어둠을 껴안아 줄 사람은 자기 자신뿐이라는 것을 마침내 알게 되었다.

낡고 좁은 가난의 한복판에서도 아이는 글을 놓지 않았고 2020년 8월, 〈시무 7조〉라는 고루한 형식의 장문을 올려 43만 개의 동의와 12만 개의 댓글, 260회의 언론 보도로 세상에 알려지게 된다.

그사이 장성한 아이는 결혼하여 아이를 낳았다. 그러나 그의 가난은 가난을 낳지 않고 소멸했다. 그러므로 나의 〈시무 7조〉 상소문은 주체로서 거듭난 자가 객체로의 회귀를 종용하는 세상에 던진 불가침의 경고문과 다르지 않을 것이다.

다시, 여백을 앞에 두고 앉았다. 무엇을 담을 수 있을지 생각하다 담고 싶었지만 그러지 못했던 숱한 것들을 떠올렸다. 철근 위로 부서지던 비계의 가벼움과 그 위에 선 노동자의 무거운 죽음이 여백에 찾아 들어와, 나는 그의 울음 섞인 말들을 되돌려 보냈다. 봄에 핀 죽음인지, 가을에 내린 죽음인지 묻지도 못했다. 꽃의 향기와 비의 가여움을 담지 못함은 예전부터 그래 온 나의 한계다.

그러나 모두가 노동자의 죽음 앞에 슬퍼할 때 누군가는 노동자와 기업인의 상생을 말해야 한다면, 아이들의 영정 앞에 누군가는 빈소 뒤로 줄지어 선 정치인들을 내쫓아야 한다면, 그것은 아마 나의 몫일 것이다. 눈물을 팔아 득세한 자들이 여의도에, 종로에 한가득하니 현실을 팔아먹는 나 같은 자 또한 근거리에 상생함이 옳다.

〈시무 7조〉가 그랬듯, 이 글들 역시 나의 어둠에서 발로한다.

아름다움을 노래하는 시인이 되고 싶었던 나는 결국 내 안의 어둠을 이겨내지 못하고 다시 골방에 틀어박혀 분노의 타자에 임한다.

이 글 안에는 식자도 없고 군자도 없다. 다만 정의로운 세상을 꿈꾸는 한 마리의 밥벌레만이 짧은 더듬이를 흔들며 다음 페이지를 재촉하고 있을 뿐이다.

이 글에서 내가 언급하는 어느 정치인의 이름이 거슬린다면 독자들은 마음속으로 반대편 정치인의 이름을 대입하면 해결될 일이다. 그것이 이 나라의 정치와 정의의 현실이니 그러함도 마땅히 한 가지 방편이 될 것이라 믿어 의심치 않는다.

차 례

1장.

시대 단상

— 그러지 않을 수 있었다

무거운 발걸음을 옮긴다.

한 걸음 두 걸음 무던히 걸으며 무심히도 산다.

직장에서 그리고 길 위에서, 무수히 죽던 나는

집에 돌아와 달려온 아이를 끌어안는다.

이제 단 한 번 사는 듯하다.

아, 희망은 이토록 발끝에 채는 작은 것이었나.

나는 39세 애 아빠다

가끔, 집으로 가는 길이 보이지 않을 때가 있다.
직장에서 있었던 일들과 마주쳤던 얼굴들의 잔상이
퇴근길 위로 드리워져 차를 멈춰 세우고 길가를 서성인다.
얼마의 시간이 흘렀을까. 겨우 도착한 현관문 앞,
나 자신을 다그치며 비밀번호를 누른다. 잊어야 해. 잊어야 해.
그리고 문이 열린다. 쏟아져 나온 두 아이를 끌어안는다.

이런 나는 길가의 돌멩이나 토끼풀처럼 흔한 30대 가장이다.
괜히 코끝이 시큰해지고 가끔 눈가가 젖을 때도 있다.
피곤한 직장인이며 반항하는 공처가이고 고독한 애주가다.
그리고 당신과 마찬가지로 아이들의 교육과 환경에 민감하고
밥벌이에 지쳐 빌빌댄다. 당신과 마찬가지로 상식이 지배하는
세상을 꿈꾸고 부정의에 분노해 꿈틀댄다.

그러므로 나는 매일 싸운다.

글과 싸우고 글 저편 세상과 싸운다.

두 아이와 싸우고 월급에 저당 잡힌 삶과 싸운다.

아내와는 가끔 싸운다. 속이 상해 술을 마시더라도,

지친 나의 간은 해독을 위해 알코올과 싸운다.

이 전투가 끝나면 우리는 알 수 있을까.

우리가 무엇을 위해 그토록 용맹하게 싸웠는지를.

저 높이 솟은 고지 너머, 나는 나의 삶을 끌어안고

안착하게 될 마지막 세계가 있다고 믿는다.

아마 그곳은, 지금의 여기보다 더 아름다울 것이다.

더 정의롭고 합리적이며 더욱 성숙할 것이다.

개처럼 죽지 않고, 소처럼 울지 않으며, 사람처럼 살다 갈 것이다.

내 아이들이 당신의 아이들과 그곳에서 함께하길,

그곳에서 당신은 나와 함께 영원하길, 나는 빈다.

나의 하루는 길다. 그 끝을 당신이 지켜줬으면.

나는 글의 힘을 믿지 않는다. 읽는 자의 힘을 믿을 뿐이다.

그러므로 나는 당신의 힘이 필요하다.

다시, 전투가 시작됐다. 각자의 위치로 이동하라.

화이트칼라는 셔츠를, 블루칼라는 작업복을 걸쳐라.

그것은 모두가 신성한 우리의 전투복이다.

신발 끈은 조였는가? 그렇다면 충분하다.

정치꾼이 나타났는가? 전 부대원 돌격하라.

마누라가 나타났는가? 신속히 은폐·엄폐하라.

또 다른 시작이다. 언제나 그랬듯,

오늘도 전진이다.

내가 정치에 끼어든 이유

가끔 글을 쓰다 보면 '내가 왜 이 짓을 하고 있지?'라는
의문이 들 때가 있다. 그런 의문은 언제나 들었다.
나의 잡글이 세상에 알려지기 시작했을 때부터,
'내가 왜 그 짓을 했지?'라는 의문에서 연속된 일종의 회의감이다.

글을 쓰는 것은 힘든 일이다. 나는 글 잘 쓰는 사람이 부럽다.
백지 위에 쏟은 우둔한 머릿속 상념들이 때로는,
저 스스로 얽히고 이어 붙어 글이 되는 상상을 한다.
글이 살아서 나를 닮는다면 꽤 흉측하고 뒤틀린 모양새로
굳어질 것이다. 그 꼴이 보기 싫어 나는 백지 위로 뛰어든다.
아직은 좀더 절제된 표현이 좋다. 가미하고 싶은 것은 여백이다.

정치에 끼어들기 전, 나의 글은 정치가 아닌 내 아들의 삶을 향해
있었다. 나를 있는 그대로 빼닮은 녀석의 외모나 행동거지가 마

냥 사랑스럽기만 한 것은 아니었다. 자식이라는 이유로 아들은 내게 뜻 모를 걱정과 근심을 가져다주었고 결국 나는 모든 순간을 기록하기 시작했다.

그곳에 내 생각을 담았고 내 당부를 담았다. 아들의 미래를 넘겨보며 과거의 내게서 찾은 해답을 남겨뒀다.
온종일 껴안고 볼을 비비며 건넸던 나의 소박한 말들, 뛰는 심장으로 대신 전해준 아들의 희미한 말들도 거기 있었다. 그것은 아버지라는 이름으로 내가 해줄 수 있는 많은 것 중 가장 아프고 가치 있는 일이었다.

이 어리숙한 녀석이 스며들 까마득한 세상이,
왜 그리도 위태롭고 아득하게만 느껴졌을까.

언제부턴가 정치라는 게, 이미 형성되고 고착된 내 삶이 아닌,
아들의 무방비한 앞날에 관여하기 시작했음을 알게 됐을 때,
나의 글은 아들이 아닌 정치라는 곳을 향하기 시작했다.

치솟은 집값에 아내를 죽인 남편이 스스로 목숨을 끊는 세상,
전·월세마저 치솟은 현실에 하나둘씩 우리 곁을 떠나는 이웃들,
나의 아들은 결국 놀이터의 단짝 친구와 이별을 해야 했다.

무너진 공교육과 쓰러진 교권, 희망을 잃은 교사들,

범람하는 사교육에 휩쓸려 내동댕이쳐진 아이들,

거꾸로 물살을 거슬러 오르는 권력자의 아이들,

한글도 떼지 못한 아들에게 영어를 가르치는 것보다 참담한 것은,

그럼에도 너는 성공하지 못할 수 있음을 알려야 하는 현실이었다.

법과 제도가 무너진 세상에서 서로 죽고 죽이는 사람들,

법의 보호를 받지 못하는 아이들과 법의 맹점을 이용하는 아이들,

이를 방관하는 정치인들과 민주와 인권을 돈과 권력의 제물로 삼은 시민 사회단체들, 그리고 요직을 차지한 이들 출신의 고위 관료들, 쉼 없이 등장하는 그들만의 정의 그리고 어느 한순간도 정의롭지 않았던 헛된 정의의 나날이 하나의 풍경처럼 그려졌을 때, 나는 아들의 모습을 그림 속에서 지워내야 했다. 정의가 아닌 정치가 그려낸 슬픈 우리의 자화상, 더 나은 세상이 다가온다면 나는 다시 채워 넣을 수 있을 기라 믿으며.

나는 정치인이 아니다. 나의 밥벌이는 웅장한 국회를 근간으로 이뤄지는 위대한 것이 아니다. 세상 한구석 요란스럽지 않은 곳에 나는 빌붙어 산다. 그러나 언젠가 내가 말했듯, 어느 한 사람에게서 나온 잘못된 정책이 모두의 고통으로 돌아왔을 때, 정치는 그들만의 것이 아닌 우리 모두의 것이 된다.

어느 정치인이 TV 토론 프로그램에 출연해 이런 말을 했다.

여당 소속의 그 정치인은 지금의 부동산 대란이 옳게 가고 있는 과정이며 언젠가 집값은 안정될 것이라 힘주어 말했다. 다행스럽게도, 나와 내 가족들은 그 '옳은 과정'이 만들어낸 수많은 희생양 중의 일부가 되지 않을 수 있었다. 그러나 한 치 앞을 모르는 게 세상이지 않은가.

또 다른 어느 정치인은 기본 소득과 기본 주택을 내세워 여타 대선 후보들을 압도하고 있다. 그것 역시 그들에게는 '옳은 과정'에 불과한 것일지도. 그러나 나는 그것이 옳다고 생각하지 않으며 그 과정이 시작됐을 때 다시 운 좋게 피해 갈 자신이 없다.

그렇다. 내가 이 삭막한 정치판에 끼어드는 이유는 아마도, 그러한 확률을 조금이라도 더 줄여보고자 하는 마음일 것이다.

아들이 처음 자전거를 타던 날, 작고 예쁜 자전거가 비틀거리며 저 멀리 달아났다. 위태로운 아들의 뒷모습을 바라보며 나는 속이 타서 혼났다. 덜덜거리고 울며 자전거 바퀴를 지탱해주던 두 개의 보조 바퀴가 얼마나 다행스럽고 또 고맙던지.

빗겨나간 모든 것들이 다시 제자리로 돌아온 어느 날, 날렵하게 생긴 자전거 위의 아들을 상상해본다. 더 멋진 풍경을 마주한, 훌쩍 커버린 그의 발그레한 귓가에 바람이 담은 고귀한 소리기 끝내 스치기를. 세상이 그를 지켜주었듯 그 역시 세상 모든 이를 지켜줄 수 있도록. 그리고 그런 날에는, 내 힘든 글도 더는 덜덜거리며 울고 있지 않으리라.

너는 어느 편이냐

"너는 어느 편이냐"는 질문에 대해, 나는 아직도 적절한 대답을 내놓지 못하고 있다. 〈시무 7조〉가 화제가 된 이후, 《한국일보》를 통한 메일 인터뷰에서 밝혔듯이 '진보도 아니고 보수도 아닌 자가 그저 얕은 식견으로 세상을 내다보고 문제점을 말했을 뿐'이라는 다소 애매한 대답이 그나마 적절한 모양새인지도 모르겠다.

당시 어느 기자가 보낸 메일에는 여러 가지 질문들이 있었는데, 그저 사실관계에 관한 질문은 있는 그대로 답변하면 될 일이었지만 나의 정치적 성향을 묻는 질문에는 뭐라 답해야 할지 몰라 꽤 애먹었던 기억이 난다. "내가 진보인가? 아니면 보수인가?" 오히려 궁금한 건 나였다. 써재긴 나의 글들에서 보수 성향의 냄새가 물씬 풍겨 나오는 것도 부인할 수 없는 사실이었지만 그렇다고 내가 꼭 보수라 단정 지어 말할 것도 아니었다. 그렇다고 글에 담긴 모든 말과 배처 전에 선 진보를 칭힐 수도 없는 노릇이었나.

결국 기자와 주고받은 몇 개의 메일들은 기사화를 위해 압축되었고, 나는 '과거 노무현을 지지했던 진보도 아닌 보수도 아닌 자'로 판명되었다. 그것 또한 사실이니 더는 그에 관해 말할 것이 없다.

나의 정치적 성향은 내가 생각해도 많이 번잡스럽다. 어쩌면 그 기자가 표현한 대로 '진보도 보수도 아닌 자가 얕은 식견으로 세상을 내다봤을 뿐'이라는 말이 이런 나의 번잡함을 잘 다스려준 단순화의 미학이 아닐까 싶다. 엉성하기 짝이 없는 부동산 정책과 너나 할 것 없이 치솟는 세금에 대한 부담, 실소를 자아내게 만드는 대통령의 인사 철학은 진보와 보수의 시각이 아닌, 상식을 가진 국민이 넘겨보아도 충분히 비판받아 마땅한 것들이었다. 그러나 이런 정책들에 대해 반기를 들었다는 이유로 나를 보수주의자라 단정 지어 말할 수 있을까?

밝혔듯이 나는 문재인 정권의 모든 정책에 반대하진 않는다. 나는 검찰 개혁과 검경 수사권 조정에 찬성한다고 그 뜻을 이미 전했다. 그렇다면 나는 진보주의자인가?

나는 여러 가지 부동산 정책들에 대한 비판 글들을 통해 다주택자들을 옹호하는 듯한 발언을 쏟아냈다. 하지만 나는 시장에 적절히 개입하는 정부의 역할에 찬성한다. 나는 시장을 존중하지만 그렇다고 시장 만능주의자는 아니다. 독과점과 가격 담합 등의 시장 실패에 적절히 국가가 개입해야 하듯이 관광버스를 타고 한 지역의 아파트들을 싹쓸이해 실거주자들의 기회를 빼앗는 '묻지마 투자가'들에 대해서도 어느 정도의 페널티를 가해야 한다고 본다. 그렇다면 나는 진보주의자인가?

또한 노동 능력이 없는 노약자들과 장애인, 생계와 육아를 함께 이어나갈 수 없는 미혼모와 미혼부, 방치될 수밖에 없는 환경에서 자라나는 가난한 집안의 아이들 그리고 소외되고 학대받는 아이들에 대해서 국가가 말 그대로 '요람부터 무덤까지' 이들을 책임지고 보살펴야 한다고 본다. 그렇다면 나는 진보주의자인가?

나는 어느 쪽이든 극단으로 향해 치닫는 것을 경계할 뿐이다. 그리고 어떠한 정책이 방향성을 잃고 이념을 향해 치닫는 것에 대해 강한 거부감을 느낀다. 특히 이 정권의 부동산 정책이 대표적이다.

문재인 정권이 들어선 이후, 쏟아져 나오는 정책들마다 결코 그것이 집값 안정을 위해서가 아닌, '집값 평등'을 위한 사회주의적 분배정책의 실현에 목적을 둔 듯 보였다. 모든 것이 강남에서 시작됐다. 어디에나 부유층은 존재하며 고가 주택 또한 마찬가지다. 그들만이 리그를 존중해줬어야 했다. 그러나 결국 2017년 상남4구와 세종시를 포함한 투기지역 지정을 통해 고강도 규제 정책의 서막이 올랐고 강남에서 시작해 강북 그리고 서울 전역과 수도권을 거쳐 마침내 전국의 집값이 풍선 효과로 인해 차례대로 폭등하게 되는, 이른바 '집값 10억의 평등화'라는 대단원의 막이 내리게 된다. 그리고 그에 대한 피해는 고스란히 무주택자들과 예비부부들 그리고 청년층이 감당하게 되었다. 다주택자도 마찬가지다. 적폐 취급을 하며 양도세로 가둬둘 일이 아니었다. 시세 차익을 거둔 투자자들의 시장 이탈이 급선무였고 취득세와 보유세의 단계적 상승으로 시장으로의 재진입에 제한을 두어 실수요자들을 보호했어야 했다. 그리고 또 한 가지, 보수정권 시절의 부동산 침체기에는 다주택자들이 애국자였다. 시장에서 엄연히 자기 몫을 다해온 다주택자들을 정권이 바뀌었다고 해서 일시에 청산해야 할 적폐로 몰아갈 것은 아니었다.

문재인 정권의 검찰 개혁은 또 어떠한가. 나는 검찰 개혁에는 찬성하지만, 문재인 정권의 검찰 개혁에는 분명히 반대한다는 뜻을 밝혔다. 검찰총장의 수사가 정권을 향하자 법무부 장관의 수사 지휘권을 통해 무력화를 시도하는 찍어내기식 검찰 개혁에서, 나는 정치적 의도 외에는 그 어떤 것도 볼 수 없었다. 공수처라는 검찰을 능가하는 괴물의 등장도, 공수처장의 추천을 둘러싼 여야의 공방에서 의석수로 법안의 개정까지 불사했던 여당의 모습에서도, 나는 단 한순간의 정의로움도 느껴볼 수 없었다. 그저 내가 느낀 것은 "진보는 언제나 선이며 우리가 행하려는 모든 것들이 정의로울 뿐이고 진보에 반하려는 모든 것들은 민주주의에 역행하는 적폐의 무리"라고 외치는 듯한 그들의 자기애적 사고방식이었다.

이념에 빠져들어 진정성마저 결여된 정책들이 정치인들과 각 부처 장관들의 입을 통해 흘러나오는 순간, 국민의 고통은 처절한 울음으로 시작된다. 정책은 정치인들의 이념이 아닌 국민의 이익을 위한 실리에서 그 목적을 찾아야 한다. 시장이 품지 못한 원리와 정치가 품지 못한 정의 대신 이념이 그 자리에 스며들었고 정책은 정책으로써 제 기능을 다 하지 못했으며 결국 무수한 부작용만 낳게 되었다. 나는 그 점을 비판한 것이다. 그렇다면 이제 다시 묻는다. 나는 보수주의자인가?

때론, 진보와 보수의 개념조차 모호해질 때가 있다. 정치적 의미의 진보주의자들이 사전적 의미의 진보라는 틀 안에서는 전혀 자기 구실을 못하고 오히려 역행하는 듯하다. 586세대의 전형적인 운동권 진보라는 틀 안에서만 팽창해나갈 뿐, 과거 노조 중심의 노동자들을 위한 사회계급론에서 세계 각국의 초일류 기업들이 생산성과 상품성을 무기로 격돌하는 경쟁 중심의 현실 경제로 전혀 발돋움하지 못하고 있다. SNS의 발달로 국민 개개인이 타인의 삶과 생활수준을 댓글을 통해 엿보며 빈부의 격차를 눈으로 확인하고 비교하는 것이 숨 쉬는 것만큼 간단해진 오늘날에도, 진보는 임대주택과 기본 소득과 같은 선심성 정책에만 몰두할 뿐, 부의 축적과 삶의 질 향상에 대한 국민적 욕구를 전혀 해결해주지 못하고 있다. 이른바 '무소유의 정신'에 입각한 자연인으로서의 삶을 굳이 설파해야 한다면, 그것은 종교인들의 몫이지 정치인과 정책입안자들의 몫은 아니지 않겠는가.

성장보다는 분배에 역점을 둔, 기업보다는 노동자의 편에 선, 사상적으로 이념화된 정치적 의미의 진보가 아닌 '역사 발전의 합법칙성에 따라 사회의 변화나 발전을 추구한다'는 '사전적 의미의 진보'가 하나의 자격으로서 허락된다면 나는 차라리 진보주의자가 되어 국민의 이익에 부합하는 정책의 입안, 분배를 위한 성장 그리고 기업과 노동자의 상생을 외치겠다. "그래서 결국 보수주의자들과 똑같은 말을 하네?"라고 누군가가 묻는다면 나는 뭐라고 답해야 할까? 이러한 정치적 한계에 나는 나의 성치석 성향을 밝힘에 있어 마찬가지로 한계를 느낄 뿐이다. 내가 진보인지 보수인지, 차라리 누가 대신 나를 정의해줬으면 좋겠다. 그리고 조금의 실용주의와 결과주의가 가미된 인간이라 표현해줬으면 하는 부탁도 곁들인다.

다시 극심한 피로감이 몰려오기 시작한다. 나는 어느 편인가.

버스 안에서

고등학생 시절에 있었던 일이다.

등교를 하려고 버스에 올라탄 나는 기사님 바로 뒤편 좌석에 앉아 있었다. 버스가 출발하고 몇 정거장이 지났을까. 문이 열리고 몇몇 승객들이 올라타기 시작했다. 그런데 마지막으로 버스에 오르려는 한 아저씨가 어딘가 많이 불편해 보였다. 한 칸 한 칸 힘겹게 버스 계단을 오르던 그는 다리를 심하게 절고 있었는데, 온 힘을 다해 손잡이를 부여잡느라 팔마저 바들바들 떨리는 듯했다.

고통으로 일그러진 그 아저씨의 얼굴을 보고 나서야 나는 그분이 '지체 장애인'이라는 걸 깨달았다. 망설일 이유가 없었다. 나는 당연한 듯 손을 내밀었고 그 아저씨의 팔을 잡아 부축하려 애썼다. 그 순간 나의 마음은 내가 누군가에게 도움을 줬다는 뿌듯함과 곧 그의 입을 통해 전달될 "고마워요. 학생"과 같은 답례에 대한 기대감으로 젖어들기 시작했다. 그러나 그건 내 착각에 불과했다. 당혹스럽게도 정반대의 상황이 연출되기 시작한 것이다.

그 아저씨는 팔을 잡은 내 손을 거칠게 뿌리치더니 나를 향해 고함을 지르기 시작했다. 고통으로 물든 얼굴은 분노로 일그러지기 시작했고 그의 입을 통해 터져 나온 비명과 같은 외침은 버스 안의 모든 공간을 집어삼킬 듯 카랑카랑 울려댔다. 부정확한 발음과 격앙된 그의 심정 탓이었는지, 뿌리쳐진 내 손에 대한 민망함 때문인지 모르겠지만 나는 그의 말을 거의 알아들을 수 없었다. 그저 나에 대한 강한 적개심만이 느껴졌을 뿐이었다. 도와준 사람한테 고맙다는 말 한마디 못할망정 이게 무슨 짓이냐며 따져 묻고 싶었지만 나는 그럴 수도 없었다. 순식간에 쏠리게 된 사람들의 시선이 불편하기도 했지만, 더군다나 그는 내 삼촌뻘은 돼보이는 듯했고 또한 그는 몸이 불편한 장애인이 아니던가. 짧은 소동은 곧 잠잠해졌고 몇몇 승객들이 수런수런 대기 시작했지만 이내 각자의 할 일을 찾아 고개를 숙였다. 그리고 버스는 아무 일도 없었던 것처럼 다시 다음 정류장을 향해 달리기 시작했다.

학교에 도착한 나는 억울한 마음을 감출 수 없었다. 화가 나기도 했지만 궁금하기도 했다. 도대체 내가 뭘 잘못한 걸까? 나는 마음을 진정시키려 애쓰며 그 답을 찾아보기로 했다. 그리고 평소에 고민 상담에 잘 응해주시던 한 선생님을 찾아가 이 이야기를 들려드렸는데, 그는 내게 이렇게 물으셨다.

"도와드리기 전에 혹시 그분께 여쭤봤니?"

"뭘 여쭤봐요?"

"도와드려도 되는지 말이야. 그걸 여쭤봤었어야지."

"아니요. 안 물어봤어요."

그러자 선생님은 찬찬히 내게 설명해주시기 시작했다. 먼저, 그 지체 장애인이 어떤 상황이었는지도 모르고 내가 그에 대해 함부로 판단한 것은 잘못된 것이라 말씀하셨다. 그는 재활의 의지로 그 버스 계단을 오르려 했던 걸 수도 있고 어떤 누구에게도 도움을 받고 싶지 않은, 비록 몸은 불편하지만, 저 혼자의 힘으로 살아가려는 굳센 의지의 소유자일 수도 있다고 말씀하셨다. 그리고 그는 마지막으로 이렇게 말씀하셨다.

"동의를 얻지 못한 도움은 폭력과 다르지 않아."

물론, 도움의 손길을 내민 나에게 굳이 그렇게 화를 냈어야 했는지에 대한 내 의문과 서운했던 감정이 완전히 해소됐다고 말할 수는 없지만, 비로소 나는 조금 알 수 있는 듯했다.

'그래. 그가 마지막 계단을 오르려 했을 때, 그는 소리치고 싶었을 거야. 어느 누구의 도움 없이 스스로 혼자 계단을 올랐음에 감격해 울고 싶었을 거야. 그 순간에 나는 그에게 불쑥 손을 내밀었고 그의 뜻과는 상관없이 그의 팔을 부여잡은 거지. 내가 그의 성공을 가로막은 것이고 그의 자립을 망쳤던 거야. 내 섣부른 동정심과 같잖은 인류애, 그리고 동의 얻지 못한 도움의 손길로 말이야.'

그리고 나는 깨달았다. 내 관점에서만 바라본 타인의 속사정은 그리 단순하기만 한 것이 아니며, 때론 내가 생각하는 것보다 그는 더 크고 위대한 것을 바라고 있는지도 모른다는 것을. 그리고 자신의 삶과 육체에 관한 결정권은 오로지 자신만이 가지고 있을 뿐이며, 그것은 결코 타인에게 허락될 수 없는 것임을.

다시 돌아와 요즘, 몰려드는 아이들을 뒤로한 채 가끔 시국을 내다보면 언제부터 그렇게 박애주의자들이 판을 치는 세상이 되었는지 새삼 놀랍기만 하다. 기본 소득에 이어 기본 주택, 기본 대출까지 심심치 않게 거론되는 현실을 보니 과연 선거라는 게 그리 녹록지만은 않은 모양새다.

나는 문득 나의 과거를 되짚어본다. 일하지 않고도 주어지는 돈과 국가에 의해 지어지고 주어지는 집을 생각했을 때, 지금의 나는 어떤 모습이 되어 있으려나.

그로 인해 더 나은 삶을 살고 있으려나.

여기에, 우리가 이미 익히 알고 있는 사실이 몇 가지 있다.

잡아달라고 애걸복걸하지도 않았는데 굳이 강남 집값을 잡겠다고 뛰어든 정부와 결국 만신창이가 돼버린 주택시장, 선의로 시작했던 소득주도성장과 연이은 자영업자들의 폐업 그리고 결국 해고당해야만 했던 시간제 근로자들이 그것이다. 그리고 여기에 그치지 않고 줄지어 다가오는 그들의 일방적인 호의들, 보편적 복지를 빙자한 현금 살포, 정작 도움이 필요한 사람들에게 가야 할 많은 것들이 갈 곳을 잃고 방황하고 있는 지금, 이 넘치는 박애주의자들을 향해 이렇게 말해주고 싶은 건 나뿐만일까.

안 도와주셔도 된다고, 그러니 그것들, 정말 도움이 필요한 사람들에게 모두 돌려주시라고 말이다.

일련의 사건과 옛 은사님의 말씀을 2021년에 정치판을 마주하며 떠올린다. 20년도 더 된 일이지만 모든 순간이 내 기억 속에 아직 명확하게 남아 있다. 버스 안에서의 당혹감, 거절당한 선의에 대한 민망함, 그런 사사로운 감정들 때문이 아니다. 내 팔을 뿌리치며 소리 지르던 그의 벌려진 입, 격앙된 목소리, 그리고 크게 치켜뜬 두 눈이 지금까지도 선명하게 남아 있기 때문이다.

울음을 머금은 듯한 그의 외침에서 이제는 분명한 말들이 전해진다. 가까스로 다가온 말들이 다시 그날의 버스 안에 울려 퍼지고 있는 듯하다. 그는 예상외로 강한 사람이었다.

만일 그때로 시간을 되돌릴 수 있다면 나는 결코 그에게 손을 내밀지 않겠다. 그리고 마침내 그의 두 다리와 두 팔도 세난의 끝에 선 그와 마주할 수 있다면, 나는 그저 존경의 뜻을 담아 가벼운 눈인사를 건네리라. 그래, 그걸로 족할 것이다.

소유, 그 위대함에 대하여

총각 시절 어느 날, 퇴근을 해 집에 돌아오니 어머니께서 몸소 걸
레와 빗자루를 들고 내 방을 청소하고 계셨다. 쉴 새 없이 조물조
물 움직이던 어머니의 입 모양을 보니 아마도 내 방 상태에 대한
격한 분노의 감정을 쏟아내고 있는 것 같았다. 그리고 나의 등장
으로 인해 어머니의 분노는 비로소 주인을 찾아 뻗쳐나가기 시작
했는데, 그것은 바로 엄청난 양의 잔소리였다.

"도대체가 방이 이게 다 뭐여. 니 나이가 몇인데 엄니가 청소까지
해줘야 되는 겨? 너 얼마 전에 아부지가 니 방에 있던 썩은 음료
수 마시고 병원에 실려 간 거 알어 몰러? 그러고도 아직 이러는
겨? 음식이건 과자 뿌시래기건 먹다 남았으면 좀 갖다 버리든가
해야 할 것 아녀? 이게 뭐여, 다 큰 놈이 말이여. 가라는 장가는
안 가고 언제까지 지 에미 부려 먹을 작정인 거여. 엉? 말 좀 혀."

어머니는 얼마 전, 내 방에 한 달 넘게 방치돼 있던 포카리스웨트를 냉큼 집어 마시고 결국 응급실로 실려 간 아버지 얘기까지 꺼내어가며 나를 핍박하기 시작했다. 그렇다. 부끄러운 일이었다. 쓰나미 같은 수치심이 몰려왔다. 그러나 나는 쉽게 잘못을 인정하지 않는 편이다. 게다가 나에게는 나름대로 타당한 이유가 있지 않은가.

"아, 그러니까 이사 좀 가자고요. 그럼 정리하면서 살게."
"니 방 청소하는 거랑 이사랑 뭔 상관인데 그려?"
"아, 내 집이어야지 좀 청소할 맛도 나고 그러는 거지요. 남의 집 전세 살다 보니까 이상하게 청소할 맛이 영…"

그랬다. 솔직히 나는 그 정도로 게으른 인간은 아니다. 그러나 이상하게도 내 것이 아니라면 좀처럼 손이 가지 않는다. 내 것이 아닌 빌린 남의 것. 이것을 내 것처럼 아낀다는 게 말처럼 쉬운 일인가? 같은 이유로 나는 이 나라 사장님들이 아주 즐겨 쓰는 말, "자네 회사처럼 열심히 일하고 크게 키워주시게." 이 말 또한 별로 좋아하지 않는다. 이득은 자기네들이 다 챙겨가면서.

결국 청소를 마친 어머니는 내 머리카락 한 움큼, 체모 한 움큼, 빈 맥주캔 열댓 개, 기타 각종 인체 부산물과 말라비틀어진 과자 조각들을 쓰레받기에 담고 썩어가는 속옷 서너 개를 발로 질질

끌어가며 내 방을 나선다. 그러곤 낄낄 웃으며 도무지 끝날 것 같지 않던 잔소리의 대미를 장식하기 시작한다.

"낄낄낄. 싹이 노오란 것이여 너는. 안 봐도 아는 것이여. 잘도 이사 가면 청소 하겠다야. 허이구우. 웃기지도 않어. 얼른 창문 열고 환기도 좀 시켜! 짐승이여 뭐여. 이 누린내가."

그러나 이런 류의 비겁한 인신공격조차도 나에게, 그 어떤 정신적 데미지도 안겨주지 않는다. 나이 먹고 뻔뻔하게 어머니가 해주시는 밥을 얻어먹고 방 한구석을 차지해 몸을 비벼대려면, 이 정도의 강인한 정신력은 이미 갖춰져 있어야 하는 것이다.

사실 부모 자식 간에, 그것도 아직 덜 성숙한 자식에 한정한다면 더욱이, 오가는 수많은 잔소리 중 하나가 바로 정리 정돈과 위생, 청결에 관한 문제일 것이다. 그러나 나는 언제나 그랬듯 위와 같은 논리로 부모님의 쏟아지는 잔소리를 피해왔다. 아무리 생각해봐도 나는 내 것이 아닌 것에는 별다른 정이 가지 않았던 것이다. 그리고 어머니뿐만이 아니었다. 사실은 아버지 역시도 나에게 비슷한 문제로 역정을 내시곤 했는데 그 이유는 다름 아닌 아버지에게 빌려 쓴 차 때문이었다. 봐라. 그 역시도 내 것이 아니었다. 아버지의 잔소리는 언어적 순화 과정을 거치지 못한 상태로 좀 더 강력하게 내게 와닿았나.

"야 이 스끼야. 웃기는 노므 자식이네 이거? 너 차에서 담배 피냐? 이 스끼 봐라 이거. 폈으면 꽁초라도 잘 치우든가, 차가 무슨 재떨이도 아니고 이런 정신 나간 노므 스끼, 당장 차 치워 이 자식아!"

"네."

이런 나의 단조로운 대답과 지시 사항에 대한 신속한 이행은 오랜 시간 아버지와 함께하며 터득한 일종의 생존법과 같은 것이다. 마지못해 차 문을 열고 시트를 젖히자 차 바닥에서는 쌓였던 먼지가 햇살을 머금고 연기처럼 모락모락 피어오른다. 그리고 언제나 그렇듯 잔소리에도 기승전결이 있기 마련이다.

"너 차도 거지같이 쓰고 인생도 거지같이 살래?"

"(그건 내 차가) 아니요."

그리고 묵묵히 차 안에 처박힌 쓰레기 더미를 끄집어낸다. 별의별 게 다 튀어나온다. 그러나 나는 부끄럽지 않다. 내 마음속에 몇 가지 하지 못한 말들이 있었는데 그것은, 나는 거지같이 차를 쓰지만 거지 같은 인생을 살지 않을 것이며 짐승의 누린내로 뒤덮인 저 작은방에서 벗어나 언젠가 내 마음이 향하는 그 어딘가로 훨훨 날아갈 것이라는, 내 작은 의지가 담긴 선언문이 존재했기 때문이다.

물론 내 것이 아니라는 이유로 마음속에서 내팽개치고 방치하는 게 잘한 일이라 볼 수는 없다. 해야 했지만 마음이 가지 않았던 수많은 것들, 결국 쓰레기로 뒤덮인 내 방에서 뒹구는 건 다름 아닌 나였다. 차 안의 담배꽁초와 먹다 버린 삼각 김밥 껍질이 풍기는 악취 속에 허덕이는 것도 바로 나였다. 그렇다. 나는 내 삶을 방치했던 것이다. 그러나 그런 단편적인 모습들에서 나의 게으름만을 그 원인이라 하기엔 내 마음은 조금 더 복잡했다. 언젠가 다가올 멋진 날에 내가 무언가를 아껴주고 보듬어준다면 그것은, 소유에서 나오는 가치에 대한 나 자신의 투영이 빚은 결과일 것이리라.

그런 믿음 아래, 왠지 나는 잘할 수 있을 것만 같았다. 집과 차 그리고 나의 삶. 그것이 내 것이 된다면, 내 마음을 앗아갈 수 있는 멋진 녀석이라면 말이다.

시간이 흘렀다. 시력이 좋지 않았는지 웬 아가씨가 이런 나에게 걸어 들어왔다. 짐승의 누린내를 풍기며 버려진 담배꽁초처럼 바닥을 뒹굴던 자식의 위대한 반격이 시작됐다. 그것은 "안 봐도 아는 것이여"라시던 어머니와 "차도 거지같이 쓰고 인생도 거지같이 살래?"라시던 아버지에 대한 내 반론의 증명이었다. 비록 의식하지 않아도, 노력하지 않아도 그냥 그렇게 됐다. 내 마음이 가는 대로 자연스레 나는 그것을 증명해내기 시작했다.

결혼을 하고 나서, 이사를 하게 된 첫 신혼집의 등기가 완료됐다. 등기부 등본을 손에 쥐자 알 수 없는 힘이 솟아났다. 그것은 내 것을 아끼고 지켜야 한다는 열망이었다. 또한 내 노력에 대한 대가였고 사물에 녹아든 정신의 반영이었다. 한 톨의 먼지와 한 터럭의 머리카락조차 용납할 수 없는 치밀함과 짐승의 누린내가 아닌 인간의 향기를 향한 그리움이 마침내 밀려오기 시작한 것이다.

휴일에도, 청소기를 들고 바닥을 민다.
걸레를 들고 보이지도 않는 먼지를 닦는다.
베란다에 핀 곰팡이를 보자마자 경기를 일으킨다.
내 몸에 들러붙은 피부병을 쫓듯 약을 치고 닦아낸다.
오줌이 튄다는 이유로 소변도 변기에 쪼그려 앉아 해결한다.
내 집이다. 어느 한구석, 내 몸보다 사랑스럽지 않은 곳이 없다.
그리고 내 차다. 어느새 트렁크에는 내가 쓰는 화장품보다 더 많은 양의 세차 용품과 차량 용품들이 가득 들이치기 시작한다.
차체에 흠집이 간다는 이유로 오로지 손 세차만을 고집하는 나는 조심스레 차체 위로 걸레질을 하고 정성스레 휠을 닦아낸다.
그리고 광택제를 뿌려 보닛 위에 비친 내 얼굴을 바라본다.
이제 털과 비듬을 쏟아내던 젊은 날의 나는 어디에도 없다. 썩은 포카리를 마시고 응급실을 향하던 아버지도 없고 낄낄 웃으며 안 봐도 아는 것을 말하던 어머니도 없다. 무언가를 아껴주고 사랑해주고 싶었던 내 마음은 처음부터 없던 게 아니었다. 다만 갈 곳을 찾지 못했던 것뿐이었다.

결국 내가 옳았던 것이다. 나의 싹은 노오랗지도 않았고 차를 거지같이 쓴다고 인생을 거지같이 살 놈도 아니었다. 나에게서 더 이상 짐승의 누린내는 나지 않으며 내 삶은 버려진 담배꽁초처럼 바닥을 뒹굴고 있지 않다. 그리고 이제 나는 알게 되었다.

소유, 그 위대함에 대하여 말이다.

인간은 소유함으로써 진정으로 아껴줄 무언가를 발견한다. 그리고 무언가를 아끼는 자신의 모습을 보게 되었을 때, 인간은 비로소 자기 자신마저도 아껴줄 수 있다. 이것이 내가 알게 된 소유, 그것이 가진 위대한 힘이었다. 그리고 나는 바로 나 자신에게서 그 답을 찾게 되었다. 나는 소유함으로써 사람이 되었다.

자고 있는 아내는 알까? 결혼하기 전, 짐승에 가까웠던 나의 모습을, 무절제하고 불결했던 그 총각의 수북했던 털 뭉치들을 말이다. 아쉽다. 그걸 만약 알았다면 나는 지금 이 정도만으로도 꽤나 인정받고 더 대접받으면서 살고 있을 텐데. 인간이 되어줘서 고맙다는 말과 함께 말이다.

범람하는 무소유를 권하는 말들 앞에, 그러므로 나는 대항하리라. 소유를 통해 먼저 인간이 된 후, 무소유를 실천하겠노라고.

주거 불안정

삶은 곧 투쟁의 연속이라고 하지만 때론 나는 너무 전투적인 마인드로 인생살이에 임하고 있는 것은 아닌가 싶기도 하다. 인생이 꼭 도전과 성공 그리고 실패와 좌절로 점철될 필요는 없지 않은가?

한 치 앞만 내다봐도 즐길 것들 천지에 먹고 누릴 것들이 한가득이다. 그러나 습성인지 천성인지 알 수 없는 내 안의 또 다른 나는 언제나 두 눈을 부릅뜨고 삶에 대한 투지를 불태운다. 그것의 원동력을 가만히 생각해보면, 두려움이고 알 수 없는 미래에 대한 불안감이다. 그리고 어느 순간 뒤돌아보면, 일상에서 누리는 작은 행복들은 이미 저만큼 밀려나 있다. 그러므로 삶을 대하는 이러한 태도가 결코 좋지만은 않은 것이다.

이것을 기질에 관한 문제가 아닌, 외부적 요인에서 원인을 찾는다면 나는 성장기에 겪었던 일련의 과정들이 남긴 일종의 트라우마가 아닐까 싶기도 하다. 어린 시절의 불안정한 삶은 여러 가지 모습으로 다가왔는데 그것은 주거의 불안정으로 먼저 다가왔고 부모님은 결국 이사를 감행해야 했다. 그리고 나에게도 숙제를 남겼는데 그것은 바로 전학에 대한 문제였다.

초중고를 다니며 각기 한 번씩 학교를 옮겨야 했다. 이미 형성된 친구 관계에서 나 홀로 떨어져 나가야 했고 이미 형성된 친구 관계 사이를 나 홀로 비집고 들어가야 했다. 다신 못 볼 수밖에 없는 친구들에게 안녕을 말해야 했고 나를 받아주지 않을지도 모르는 친구들에게도 안녕이라는 인사를 건네야 했다. 마음속에 막연한 불안감이 생겨났고 이사와 함께 이뤄진 환경적 변화와 맞물려 나는 심리적 안정을 잃게 되었다. 그리고 별 탈 없이 잘 넘기게 된 초등학생 시절의 전학과는 다르게 중학생 시절의 그것은 좀 더 치열하고 전투적인 양상을 띠게 된다.

적응하기 위해서 숨을 죽여야 했고 무시당하지 않기 위해서 주먹을 휘둘러야 했던 나는 주먹 끝에 닿는 그 둔탁한 느낌에 대한 미련을 버릴 만큼 성숙하지 못했다. 억눌려 있던 존재감에 대한 과시를 불량스러운 친구들과 어울리며 으스대는 방법으로 해소했고 결국 다가올 미래마저 불안정하게 바꿔놓고 말았다. 모든 것이 나의 잘못된 선택이 낳은 결과였지만 나의 의문은 아직까지 가슴속에 남아 있다.

나는 군이 그것을 받아들일 수밖에 없었나? 피할 수는 없었는가? 이제야 내가 알게 된 사실은 고통과 시련은 인간을 강하게 만들어주지 않는다는 것이다. 그것들은 때론 상처를 남기고 상처 입은 누군가는 그 상처를 무작위를 향해 대갚음하려 애쓴다. 고통은 기억 속에 남아 다가올 또 다른 고통에 대한 두려움을 불러일으키고 시련은 끝나지 않을 것만 같은 불안감으로 남은 일생을 장악한다. 만일 그럴 수 있다면, 피할 수 있다면 피해야 하는 것이 고통이며 거부할 수 있다면 거부해야 하는 것이 시련이라고 결국 나는 그렇게 믿는다.

나의 부모님은 선량하신 분들이었다. 어려운 환경 속에서도 자식들을 건사했고 힘들게 돈을 모아 저축했다. 그러나 안정된 주거를 이루기엔 그 힘이 너무도 미약했으리라. 그러므로 고통과 시련을 피하지 못했고 고스란히 받아들여야 했던 것이다. 그걸 아는 나의 마음속에는 한 가지 꿈이 생겨나게 되는데 그것은 나의 아이들에게는 결코 불안정한 주거 환경과 그로 인한 불안정한 삶을 제공하지 않을 거라는 일종의 다짐이었다. 내 과거에 비춰 봤을 때, 그것은 내 아이들에게 아버지로서 해줄 수 있는 가장 큰 선물일 거라 믿는다.

어느샌가, 이러한 고통과 시련을 다름 아닌 국가가 국민에게 강요하고 있는 듯해 마음이 아프다. 국민을 지켜줘야 할 국가가 온 국민을 불안정한 삶에 몰아 넣고 있는 것이다. 집값은 오를 대로 올라 이사 한 번 가는 게 그리 쉬운 일이 아니며 결국 살던 동네를 떠나 이삿짐을 꾸리고 아이들의 전학 수속을 밟으며 어른은 어른대로, 아이들은 아이들대로 몸고생이고 마음고생이다. 맘씨 좋은 집주인마저도 마음을 돌리게 만드는 임대차 3법은 결국 집주인과 세입자의 사이만 벌려놓게 되었고 전월세 시세만 추켜올리게 되었으니 더 말할 가치도 없다. 저 많은 삶을 도대체 누가 책임질 것인가?

어느덧, 마흔의 나이가 되다 보니 회사 후배들이 내게 다가와 이런저런 조언을 구할 때가 있다. 곧 결혼을 앞둔 후배도 있고 이미 결혼을 해 아이를 키우고 있는 후배도 있다. 그리고 내게 구하는 조언은 대부분 집에 관련된 것들이다. 요즘 들어 그런 후배들을 볼 때마다 가슴이 답답해진다. 치솟은 집값에 집을 사라고 권유하기도 힘든 노릇이고 그렇다고 전·월세로 시작하라니 그들의 앞날이 눈에 보이는 듯하다. 부동산 쪽으로 비교적 눈을 일찍 뜬 덕에 줄줄이 외우다시피 했던 LTV, DTI에 관련된 정보들과 청약 관련 절차들도 이제는 뒤죽박죽이 되어버린 마당에 내가 딱히 일러줄 것도 없음은 말할 것도 없다.

나와 내 가족들이 머무르는 이곳을 나의 의지만으로 지킬 수 있다는 것. 그것이 이토록 큰 복이 된 세상이 올 줄 누가 알았을까.

나와 내 가족은 그리되지 않았다는 사실만으로 편안히 잠자리에 들기엔, 남은 자들의 고통이 너무나 크다.

경제의 논리가 정치적 이념에서 비로소 벗어나는 순간, 모든 것이 제자리를 찾고 원래 있던 자리로 돌아가리라. 그런 날을, 떠나온 학교와 친구들을 그리며 되돌아가기를 바라던 그 마음 그대로, 나는 다시 한번 기다려보고자 한다.

검찰 개혁의 민낯

아주 오래전에, 꽤 재밌게 봤던 영화가 한 편 있다.

20년도 더 된 할리우드 액션물인데, 영화 제목은 〈져지 드레드Judge Dredd〉. 기억하시는 분이 계실지 모르겠다.

지금까지도 내가 그 영화를 기억하는 이유는 별거 없다. 지금은 백발의 노인에 불과한 실베스타 스텔론Sylvester Stallone의 그 시절 탄탄했던 근육과 중저음 톤의 목소리가 뇌리에 깊이 남아서일 수도 있겠다. 그러나 가장 큰 이유는 아무래도 그가 열연했던 극 중의 배역 '져지 드레드'의 힘과 지금 이 나라의 검찰이 가진 '무소불위의 권력', 그 사이에서 느껴지는 왠지 모를 동질감 때문이 아닐까 싶다.

영화 내용은 대충 이렇다.

영화 속 주인공인 그는 메가 시티의 치안을 담당하는 저지 드레드인데 그의 직급이 말 그대로 져지(판사)이고 그의 임무는 폭력과 환락으로 얼룩진 도시의 범죄자들을 색출해 처단하고 정의를 바로잡아 세우는 것이다. 멋진 일이다. 그리고 져지 드레드의 활약은 영화 속에서 바로 이렇게 표현된다.

순찰 중이던 져지 드레드는 어느 날 밤, 도시의 음침한 뒷골목에서 한 무리의 범죄자들을 발견한다. 그들의 범죄 행각을 유심히 살피던 그는 이윽고 총을 빼 들어 그들에게 다가간다. 당연히 범죄자들은 유순히 그의 협조에 응하지 않게 되고 결국 져지 드레드는 그의 힘을 유감없이 발휘하기로 마음먹는다. 먼저 그는 이렇게 말한다.

"너희들은 메가 시티법 ○○조 ○○항을 '위반' 했다.
그러므로 너희는 '유죄'다. 그러므로 너희를 '사형'에 처한다."

그러고는 총탄 세례를 마구마구 퍼부어 범죄자들을 처단한다. 참으로 통쾌한 장면이다. 즉, 영화 속 '져지 드레드'는 자신이 가진 정의로움에 기댈 뿐, 범죄의 인지, 수사, 기소, 판결, 집행 이 모든 국가 작용을 직급의 힘으로 홀로 누리는 무소불위의 존재, 바로 그 정점에 선 자이다.

다행히도 져지 드레드는 그 이미지에 걸맞게 처음부터 끝까지 그

시무 7조

정의로움을 놓지 않는다.

그의 힘은 언제나 올곧은 곳을 향하고 부패한 세력들과 맞서 싸우며 총탄을 산개하고 그 정의로움을 만발한다. 그러나 그것은 어디까지나 영화 속 이야기일 뿐, 만약 그것이 현실의 영역으로 넘어오게 된다면 과연 인간은 처음부터 끝까지 정의로울 수 있을까?

검찰에 관한 이야기를 전하며 영화 〈져지 드레드〉를 먼저 꺼낸 건, 바로 이런 이유에서일 것이다. 우리는 인간 사회에 언제부터 존재하게 됐는지 모를 검찰이라는 조직과 동고동락하며 살아간다. 비록 언론에서 터져 나오는 것은 정치인들을 비롯한 권력자들의 범법 행위가 대다수지만, 그런 크고 넓은 곳에만 검찰이 관여하는 것은 아니다. 죄를 지어본 사람은 알겠지만(그래도 없길 바란다), 일개 시민의 사소한 범법 행위건 중대한 범법 행위건 과태료나 범칙금 수준의 것이 아니라면 어찌 됐든 검찰의 손을 거쳐 가게 돼 있다.

그만큼 검찰은 때론 저 높은 곳에, 그리고 가장 낮은 곳에도, 광범위한 사법 작용을 통해 국민의 삶에 관여한다.

그러나 문제는 바로 그러한 검찰 조직에, 져지 드레드와 같은 통제되지 않은 무소불위의 권한이 실려져 있다는 점이다.

대한민국 검찰의 모습은 져지 드레드와 크게 다르지 않다.

범죄를 인지하고 수사를 하며 죄가 된다고 판단되면 사건을 재판에 부치는 기소를 하게 되고, 기소된 사건을 공소유지의 과정을 통해 판사의 판결을 받아낸다. 재판에 관한 전권은 판사에게 있으나 검찰도 영향력을 미친다. 재판 결과에 불복해 상급심의 판단을 구하는 항소와 죄인의 형량을 구하는 구형을 통해 판결에도 직간접적으로 관여하는 것이다. 그리고 판사의 판결이 떨어지면 그것을 집행하는 것은 누구인가. 그것도 바로 검찰의 몫이다.

말 그대로 한 인간의 삶을 법적 권한 아래 마음대로 쥐락펴락할 수 있는 유일무이한 집단, 그것이 바로 검찰인 것이다. 그리고 그들은 우리와 같은 인간에 불과하다. 사욕이 스며들 수 있고 권력에 도취될 수도 있다. 검찰은 이러한 인간적 욕구와 본능 앞에 제도적으로 무결할 수 있는가? 나의 물음은 거기에서 시작됐다. 그리고 나는 그렇다고 생각하지 않는다. 몇 번의 글로 내가 검찰 개혁에 찬성의 뜻을 밝혀온 것은, 바로 이런 이유에서였다.

나는 검찰 제도의 무결함을 바라며 어느 정권이든 이를 바로잡아주길 원했다. 그런 이유로 문재인 정권이 검찰 개혁을 언급했을 때, 나는 내심 이를 반기기도 했다. 그러나 때론 의구심이 들기도 했다. 그렇다면 문 정권은 과연 무결한가? 그 물음에 대한 답을 지금의 그들이 들려주고 있다. 참담했던 일련의 과정들을 통해 철저한 자기 보호와 맹목적인 정치적 복수에 검찰 개혁의 목적이 있었음을 나는 본다. 그리고 확실히 말할 수 있는 것은, 이건 내가 바라던 검찰 개혁의 모습이 아니며 정치적 논리에 의해 결국 잘못된 방향으로 가고 있다는 것이다.

극단이 아닌 중용의 정신으로 검찰 개혁을 말할 수는 없는 것인가. 조직의 해체가 아닌 권한의 분산, 멸절이 아닌 다스림으로 말이다. 어느 순간 검경 수사권 조정을 넘어서 공수처로, 그리고 공수처를 넘어서 중수청으로 치닫으며 수많은 파열음과 잡음들을 끊임없이 양산되고 있는 현실을 바라보며 그런 생각을 하게 된다.

친정부 인사의 공수처장 임명과 그를 둘러싼 법안의 통과를 위해 개정까지 불사하는 거대 여당의 횡포와 검찰 개혁과는 단 한 개의 연관성도 찾아볼 수 없는 법무부 장관의 임명 그리고 검찰총장과의 갈등과 마침내 이어진 그의 사퇴, 결국 이루지 못한 정권을 향했던 수사. 어느 순간 상식에서 벗어난 듯한 개혁의 모습에서 찾아볼 수 있는 건, 선행된 그들의 상식에서 벗어난 행위가 존재하기 때문일지도.

눈을 감고 표면으로 만져지는 사물의 결을 통해서도 우리는 그 형태를 짐작하고 본질을 파악한다. 그리고 그것은 누군가가 들려준 그 사물의 정체나 명칭보다 때로는 더 정확하고 통렬할 때가 있다. 그럼 그대는 검찰 개혁은 통해 무엇을 보는가? 나는 딜신한

기관차가 자꾸 보이기 시작한다. 국민들은 이것을 어떤 시각으로 바라볼까? 언제나 그렇듯, 절반으로 나뉠 것이다.

악감정은 없다. 나와는 일면식도 없는 그들이다. 다만 내가 바라는 것은 이명박 전 대통령이 그랬고 박근혜 전 대통령이 그랬듯, 문재인 대통령도 죄가 있다면 처벌을 받아야 한다는 지극히 상식적인 사실에 대한 용인 그리고 그 처벌을 이끌어낼 기관의 건재와 처벌을 무마할 기관의 부재다. 그러나 현실은 정반대다. 절반으로 나뉜 세상은 월성 원전과 울산 선거 개입을 둘러싼 현 정권에 대한 의혹을 감히 파헤치는 것조차 용인하지 못하며 검찰은 해체 수순이고 공수처는 건재하며 곧이어 중수청의 탄생이 예약돼 있다.

돈 있고 힘 있는 자들의 죄를 벌하지 못하게 되는 세상, 그것을 이제는 내가 용인해야 할 차례인가 보다.

시대적 사명이라. 그게 그렇게 대단한 거였으면 좀 더 일찍 하지 그랬나. 전 대통령이라 부르기도 민망한 그 이름들, 故 노무현 대통령, 이명박 전 대통령, 박근혜 전 대통령, 이분들 지금쯤 서울의 어디 대폿집에서 사이좋게 술이나 한 잔씩들 하고 계실 텐데. 느즈막이 문재인 대통령이 합석하면 왜 이리 늦었냐며 윽박지르기도 하고 소주 한 잔 따라주기도 하고 말이다.

영화 〈저지 드레드〉는 결국 해피엔딩으로 끝난다. 할리우드 액션물이 다 그렇지 않은가. 그러나 그곳은 대한민국 정치의 수도 여의도이며 정권의 심장부 종로의 한가운데다. 해피엔딩은 그들만의 몫일 뿐, 국민에게는 요원할 뿐이다. 검찰 개혁은 아직도 끝나지 않았다. 아니 어쩌면 켜놓은 채 잠들어버린 한밤의 TV처럼, 영원히 끝나지 않는 막장 드라마가 될지도 모르는 일이겠다.

역사를 잊은 민족에게 미래는 없다

'역사를 잊은 민족에게 미래는 없다.'

반일과 친일 잔재의 청산을 외치는 정치인들이 특히 자주 언급하는 말이다. 누구나 한 번쯤 들어봤을 만한 이 말을 두고 나는 잠시 생각했다. 누가 이런 말을 했을까? 윈스턴 처칠Winston Churchill이라는 설도 있고 단재 신채호 선생이라는 설도 있다. 그러나 지금까지 누구의 말이 전해진 깃인지는 명확하게 알려진 바가 없다.

만약 저 말의 주인공이 제2차 세계대전 당시 영국 총리였던 윈스턴 처칠이라고 가정했을 때, 나는 그의 뜻은 어렴풋이 짐작할 수 있을 듯하다.
영국 본토 항공전 당시, 런던 상공을 뒤덮은 독일 공군으로부터 국가와 국민을 지켜낸 영국의 자존심이자 탁월한 리더십으로 결국 제2차 세계대전에서 영국을 구해낸 전시 총리 처칠은 아마도 언젠가 다시 발발하게 될지 모르는 독일과의 설욕전을 위해 런던 방공망의 증설과 공군 주력 전투기 스핏파이어의 개량을 외치며 저 문구를 인용하지 않았을까?

그게 아니더라도 최소한, '역사를 잊은 민족에게 미래는 없다'고 홀로 되뇌며, 정치인들을 이끌고 런던 땅속에 깊숙이 박힌 독일 공군 전투기 잔해나 유탄 껍질을 찾으러 다니는 일은 없었을 것이다.

독립운동가이자 문인이었던 단재 신채호 선생이었다면 어땠을까? 그에게 펜은 총, 칼과 같았다. 그는 펜 끝으로 투쟁해 죽어가는 민족정기의 맥을 되살리고자 했을 것이다. 식민지로 전락한 고국의 아픔을 노래하고 격정의 글월로 나라의 독립을 염원하고 열사들의 무운을 빌었을 것이다.

그게 아니더라도 최소한, '섬집 아기'를 노래해 등에 업힌 피붙이를 재우고 '노가다'를 마치고 집에 돌아온 남편의 손을 잡고 '우동' 가게를 향하는 아내의 모습에서 굳이 친일의 잔재를 찾아내고 마는 이 나라의 정치인들과 지식인들과는 전혀 같지 않았을 거라나는 확신할 수 있다.

정확한 출처도 없이 떠도는 글이라 치부하기엔 저 안에 담긴 뜻이 너무나 깊고 원대하다. 그러므로 영국 총리 윈스턴 처칠이든 독립운동가 신채호 선생이든 누구의 말이면 어떻고 무슨 상관이 있겠는가. 중요한 건 그게 아니다.

중요한 건 저 아름다운 문구가 한국 정치인들의 입을 빌려 인용되기 시작했을 때, 비로소 엄청난 개소리로 전락하게 된다는 사실이다.

역사는 과거의 기록이다. 지금, 이 순간도 그 기록은 이어져 가고 있다. 그리고 그것은 누구에게나 열람이 허용된 공동의 자산이다. 그러나 미래는 남겨진 여백과 같다. 그것은 열람이 아닌 기술만이 허용된 영역이다. 그리고 우리는 각자의 펜을 들고 그 여백을 향해 뛰어들려 하지만 불가능하다. 대의 민주주의 앞에 우리는 남겨진 여백에 대한 권한을 정치인들에게 일임했기 때문이다.

그러나 나는 언제부턴가 그 여백에 대한 기술을 우리가 선출한 지도자와 정치인들이 방관하며 묵인하고 있다는 생각을 지울 수 없다. 그리고 그들이 앵무새처럼 "역사를 잊은 민족에게 미래는 없다"고 외치며 반일 투쟁에 나설 때, 나의 눈에는 비로소 이 말이 이렇게 보이기 시작한다. '미래를 대비하지 못한 민족에게 역사란 없다'고 말이다. 임진왜란과 정유재란을 겪고도 일제 강점기까지 받아들여야만 했던 과거의 사실이 이를 뒷받침한다. 미래를 준비하지 못한 나라는 언제든지 지도상에서 사라질 수도 있는 것이다. 하지만 주어지는 오명은 '친일파' 혹은 '토착왜구'일 뿐, 정치권에서 이미 형성된 반일 기류에 냉철함을 요구하는 건 쉽지 않은 일이다. 아름다워지려면 일단 죽창을 들어야 한다.

나라의 미래는 공란으로 비어 있다. 코로나 시국임에도 나라는 온통 검찰 개혁과 윤석열 찍어내기에 혈안이다. 지난 삼일절에도 역시 정치인들은 무의미한 반일과 친일 잔재의 청산이나 외치고 있었다. 주력 산업인 반도체의 핵심 소재와 국내에 진출한 일본 기업의 한국인 종사자를 볼모로 무역 분쟁을 일으킨 이후 한국의 출산율은 일본에 뒤처지기 시작한 지 오래이며 더군다나 올해는 역대 최악의 출산율을 기록했다. 비혼 인구는 증가세이며 이러한 저출산 현상의 직접적 원인인 일자리 부족, 집값 상승 문제, 여성 경력단절 문제는 지금도 진행 중인 반면 정치권은 이미 해결 의지를 내버린 지 오래다. 인구는 점차 줄어들고 있으며 머지않아 곧 국가가 국민을 수입해야 하는 지경에 이를 것이다.

답답한 현실이다. 반일 그리고 극일, 이 극명하게 대비되는 듯한 말들이 조금의 확장성을 띤 채 국민에게 허락될 수 있을까? 그리고 이에 대해 말할 수 있는 자격이 내게 주어진다면 나는 이렇게 말하고 싶다.
반일은 가슴속에, 극일은 행동으로 옮기자고 말이다.

다시, 칠천량 너머로 벌떼같이 몰려오는 왜적이 보이는 듯하다.
이 나라에 이순신 장군은 더는 존재하지 않는다.

"신에게는 아직 12척의 전선이 남아 있습니다"라는 말 대신, "우리에겐 0.84의 출산율뿐입니다"라고 외칠 반일 정신으로 무장한 정치인들만 가득하다.

총칼을 들고 싸울 백성마저 없는 현실, 해결책은 하나다. 정치인들에게 총칼을 쥐여 주고 대신 나가서 싸우라 명해야 한다. 죽든지 말든지 말이다. 장담하건데, 가장 먼저 욱일승천기를 휘날리며 투항할 자들 또한 그들일 것이다. 그들을 위해 도시락 폭탄을 준비하자. 계란 프라이 하나 얹어서 말이다.

살아남은 자들의 이야기

고인은 이미 떠나고 없는데,
그 이름을 더럽히는 자들만이 남았다.

노무현 정신을 외치며 빈부격차의 해소와 서민의 삶을 논하던 자들이 도리어 등기부 등본의 보유 여부로 전 국민을 반으로 갈라내어 유주택자는 더욱 부자로, 무주택자는 전·월세도 못 구해 길바닥에 내앉을 처지의 빈민으로 전락시켜 그의 정신을 계승했다 떠들어댄다.

정의가 승리한다는 역사를 아이들에게 물려주자던 그의 외침은, "너는 어느 쪽인가"라는 질문에서 시작해 "나는 옳고 너는 그르다"라는 대답으로 끝을 맺는 공허한 문답이 되었고 그의 아이들은 우왕좌왕하며 몸 둘 곳을 찾다가 절반은 대깨문이, 나머지 절반은 결국 강남 좌파가 되어 펜션 속에 숨어들었나.

5.18 정신을 외치며 민주화의 열망을 기리자는 이들이 정작 불분명한 기준과 불투명한 대상자 아래, 온갖 특혜로 점철된 특별법을 발의하여 운동권의 군주화를 꿈꾸고 표현의 자유를 말살하며 유권자들을 길들인다.

전태일 정신을 외치는 노동자는 귀족노조로 환생하여 노동자의 삶을 대변하겠다며 파업을 일삼고, 매일 아침, 각지의 건설 현장과 화물 기지의 진출입로를 가로막으며 같은 노동자의 밥그릇을 걷어차고 사적 검문에 임하며 세력 확장에 골몰할 뿐이다.

세월호 정신을 외치며 국민의 생명권을 운운하던 이들이 북한군의 민간인 총격 사살에는 입을 닫아 굴종의 평화를 내세우고,
반일 정신을 외치며 위안부의 아픔과 치유를 부르짖던 이들은 스스로 돈과 권력의 위안부가 되어 대일본 제국의 망령에 기생하는 기생충으로 전락하고 말았다.

망령들이 지배하는 대한민국에서
죽은 자가 아닌 산 자의 삶은 어디에 있는가.

살아남은 자들의 이야기는
도대체 어디에서 시작해야 하는가.
당신은 산 자인가, 아니면 죽은 자인가.

정의란 무엇인가

작년 한 해, 수천만의 정의가 휘날렸다.

청와대의 대통령에게서,
법무부 장관에게서, 유력 정치인들에게서,

국회에서, 언론에서, 지식인에게서,
칼럼니스트에게서, 유튜브에서, 포털사이트에서,
그 안의 댓글들에서, 그리고 나에게서도.

그들과 내가 쏟아낸 수천만 개의 정의를
전 국민에게 하나씩만 건넸어도 이 땅 위에
살아 숨 쉬는 모든 존재들은 각자 하나씩의
정의를 나눠 가졌을 것이다. 그만큼 우리는
흔해빠진 정의에 몰들였고 빈틸디리 징의에 빠저들있나.

이 미치도록 정의로운 땅 위에 빌붙으며 나는,
때론 그것이 어느 세상의 정의인가 되묻고 싶었다.

죽고 죽이는 세상에서, 익숙한, 이미 오래된
살인, 강도 살인, 강간 살인, 폭행 치사, 학대 치사와 같은
서늘한 용어들에서 비롯된
삿된 말과 짧은 글로써 전해지는 타인의 무감각한 죽음들,
나와 내 가족이 아니어서 다행이라는 이기적 안도,

사람을 죽인 자가 죽임을 당한 자의 무덤을
밟고 올라 인권을 외치는 모순덩어리 세상에서
아버지와 어머니, 아들과 딸, 아이들의 무수했던 죽음들,
이 모든 죽음들을 향해 분노하는 너와 나의 낮은 세상에서
우리가 그토록 지겹게 들어왔던 정의는 대체 무엇이었는가.

이제 나는 묻는다.

정의가 있다면 그것은
공유의 대상인가 소유의 대상인가.

대통령의 정의는 어느 세상의 것인가.
청와대 본관의 푸른 기왓장, 그 끄트머리에서

잠시 머물다 간 옛 벗들의 사상적·이념적 정의였나.

아니면, 적폐를 향한 적폐의 자위적 정의였나.

법무부 장관의 정의는 어디에 머물렀는가.

그녀가 빌려 읊어댄 어느 시인의 부처님 세상 속,

눈물 나도록 아름다웠던 조각난 정의였나.

아니면 검찰총장을 향한 저주로 가득 찬, 법무부 청사 옥상 위의

위태로운 정의였나.

정치인들의 정의는 무엇인가.

공수처만 설립되면, 검찰총장의 권한만 빼앗을 수 있다면,

기득권 세력을 청산할 수만 있다면 저절로 돋아나는

잡초와 같은 것인가.

그렇지 않다면 죽고 죽이는 세상과 차별화된,

수십억대의 매매가와 우아한 민도를 갖춘 부촌 지역

거주자로서의 과시적 정의인가.

그리고 나에게 묻는다.

딸아이의 기저귀를 갈며,

왜 나는 내 아이의 포실한 허벅지만 살폈는가.

딸아이와 눈을 맞추며, 왜 나는
내 아이의 성한 눈 주변만 살폈는가.
공동체의 일원으로서 그것이 나의 최선이었나.

정의는 가장 낮은 곳에서 시작해
가장 높은 곳까지 닿는 것이다.
반대로 시작한 수천만의 정의는 결국
단 하나도 이 땅 위에 내려앉지 못했다.
멀리 달아나면서도, 바람결에 휩쓸리면서도,
저들끼리 부딪쳐 바스러지면서도, 그 작은 조각 하나
내려앉지 못해 그 작은 아이가 바스러졌다.

그리고 오늘, 눈이 내렸다. 수천만의 눈송이가 내렸다.
수천만의 눈은 고스란히 쌓였고 나의 아들, 딸들은
늦은 밤까지 썰매 위에 앉아 환호했다.

만일, 그 아이가 살아남아 지척에 있었더라면
내 아이들과 함께 눈사람을 만들고 겨우 헤어졌을 것이다.

만일, 단 하나의 눈송이를 허락해야 한다면
나는 이 땅에 닿지 못한 그 하나의 정의를 대신해
어느 작고 가벼운 16개월의 아이에게 바칠 것이다.

시무 7조

마지막으로 나의 이웃들에게 구한다.
'정의란 무엇인가'라는 질문에 대한 답은
어느 고고한 하버드대 교수에게 구할 것이 아니다.
이제서야 악다구니 쓰며 달려드는 정치인들에게서
구할 것도 아니다. 살아 나부끼는 우리가 스스로 묻고
스스로 답해야 할 것이다.

그러한 현실이 믿어지지 않는 어지러운 세상 속에서,
나는 결국 그렇게 믿는다.

그러지 않을 수 있었다

그러지 않을 수 있었다.

수많은 국민이 내 집 마련을 포기하고 전·월세를 못 구해

발을 동동 구르지 않을 수 있었다. 우리에겐 기회가 있었다.

스물다섯 번의 잘못된 정책을 내놓으며, 단 한 번만이라도

국민의 목소리를 귀담아들어 줄 수 있었다.

그러나 그들은 그러지 않았다.

그러지 않을 수 있었다.

검찰 개혁이라는 시대적 과제 앞에,

온 나라가 다시 전쟁이라도 난 것처럼 들끓고

온 국민이 산산조각이 난 듯 분열되지 않을 수 있었다.

법무부 장관을 통해 검찰총장의 지휘권과 직위를

박탈하지 않아도, 친정부 인사를 내세운 공수처의

설립이 아니더라도, 우리는 검찰 개혁을 충분히 이뤄낼 수
있었고 국회는 이미 동의했다. 그러나 그들은 그러지 않았다.

그러지 않을 수 있었다.

온 나라가 검찰 개혁과 공수처 설립에 몰두해 결국
백신을 놓치지 않을 수 있었다. 코와 입을 드러낸
너와 내가 마주할 수 있었고 폐업 직전의 이웃들이
밝게 웃으며 우리를 맞이할 수 있었다.
지긋지긋한 마스크와 식은 배달 음식에서,
우리는 조금 더 일찍 벗어날 수 있었고 엘리베이터에서
마스크를 벗어던지는 아이와 더는 씨름하지 않을 수 있었다.

가난한 자들이 더 가난해지지 않을 수 있었다.
부유한 자들이 더 부유해지지 않을 수 있었다.
가난한 자가 부유한 자를 시샘하고 질투하며,
집 없는 자가 집 있는 자의 안부 전화에 수신을 망설이는,
먼 마음들 사이에서 우리는 가까워질 수 있었다.

공원화된 단지와 충분한 면적의 지하 주차장을 갖춘,
넓고 깨끗한 신축 아파트에 너와 내가 함께 살 수 있었다.
달리는 차 걱정 없이 아이들이 마음껏 뛰어놀고,

앞만 보고 달려가는 아이의 등에 놀라 소리치지 않을 수 있었다.

힘 있는 자들이 법 뒤에 숨어들어 으스대지 않을 수 있었다.
힘없는 자들이 법 앞에 움츠러들어 숨지 않을 수 있었다.
전전 대통령과 전 대통령이 그러했듯, 지금의 대통령도
죄가 있다면 언제든 법의 심판을 받게 할 수 있었다.
그것이 아니라면 최소한, 법을 위해 법을 파괴하는
정치인을 섬기는 국민은 되지 않을 수 있었다.

우리는 정의로운 나라의 국민이 될 수 있었으며
살기 좋은 나라의 국민이 될 수 있었다.

우리는 그럴 자격이 있었다.
그러나 그들은 허락하지 않았다.
그들이 허락한 것은 13평의 미분양 임대 주택과
기본 소득 그리고 대통령의 안위였다.

우리에겐 많은 기회가 있었다. 그러나 그들은 주지 않았다.
그리고 우리에게 남은 기회가 '있을 것'이다.
그러나 그들은 앞으로도 허락하지 않을 것이다.

나는 묻지 않을 수 있었다.

너는 울지 않을 수 있었다.

그러나 슬프게도, 우리는 그러지 못했다.

녹물과 눈물

편의점에서 물건을 들고 계산대 앞에 줄을 섰다.
내 앞에 어느 작은 아이와 그보다 더 작은 아이가 서 있었다.
친구 사이인지 형제지간인지 모를 두 아이.

계산을 하면서도 얼마나 야단법석이던지,
한 녀석이 돈을 꺼내려 호주머니를 뒤적이자
동전들이 와장창 쏟아져 나오고 만다.
두 녀석은 굴러가는 동전들을 쫓아 몸을 던지며
깔깔대고 웃기 바쁘다. 스캐너를 들고 서 있던 점주가
슬쩍 내 눈치를 보기 시작했고 나는 내 아이들이 생각나
'천천히 기다리죠 뭐'라는 듯 슬쩍 미소를 보였다.

잠깐의 소동이 끝나고, 계산을 마친 내가
편의점 문을 열고 나서며 본 것은

그 앞 테이블에 앉아 사이좋게 과자를 나눠 먹는
아까의 그 시끌벅적한 아이들이었다.

과자 한 개 더 먹자고 머리통을 들이밀다 웃고
조곤조곤 이야기하다가 이내 또 웃는다.
그래. 살아서 엉겨 붙은 것만큼
정겨운 게 또 어디 있을까.

아이들 옆에 아무렇게나 내팽개쳐진
큰 자전거 하나, 그리고 작은 자전거 하나.
두 놈 다 똑같이 새까맣게 그슬린 얼굴,
그러나 각자 다른 브랜드와 형식의 옷차림.
이 두 녀석은 친구였을까 아니면 형제였을까.

어느 정치인과 23억 강남 아파트의 녹물이냐
23만 반지하 서민의 눈물이냐를 두고
가벼운 언쟁을 주고받은 이후에야 나는
이 두 녀석에 대한 마음을 정할 수 있었다.

아이들은 형제여야만 했다.
23억 강남 아파트건 23만 반지하 서민이건
같은 곳에서 걸어 나와, 같은 곳으로 돌아가야 했다.

녹물을 마셔도 형제는 용감했다 하지 않았던가.
눈물을 마셔도 형제는 한몸이라 하지 않았던가.

만약 그들이 친구 사이라면,
하나는 23억 강남 아파트로, 하나는 23만 반지하 서민으로,
이산가족보다 더한 아픔으로 나누어질 수도 있겠지.
그리고 누군가는 녹물을, 누군가는 눈물을 마셔야 하겠지.
그러나 아이들은 알까? 아니, 좀더 크면 알게 될 것이다.
녹물과 눈물에도 정치와 가치가 녹아 있다는 것을.

다시 뒤를 돌아보니, 어느새 아이들은 떠나고 없었다.
아이들의 흔적 위로 붉은 녹물과 맑은 눈물이 남아 있는 듯해,
나는 가슴이 조금 아팠다. 다시 발길을 돌려 걸어오는데
못다 한 말들이 떠올랐다.

나는 아이들에게 사이좋게 놀아라 말해주고 싶었다.
그리고 그 정치인에게는 이런 말을 해주고 싶었다.
아이들은 죄가 없다고 말이다.

아이들의 웃음소리가 아직도 귓가에 들려오는 듯하다.
아이들이 머물다 간 자리가 공허하다.

재건축의 소회

가끔 처가 댁에 들러 식사라도 하고 돌아가는 길이면, 항상 아내가 다니던 초등학교 앞을 지나게 된다. 그럴 때면 언제나 추억에 젖어드는 그녀는 평소보다 많은 말을 쏟아내기 시작한다.

"저 앞에 저 떡볶이집, 저게 얼마나 맛있었다구. 그런데 지금은 그 할머니가 안 계셔. 맛도 변해서 아쉽지."

"저기에 우리 집이 있었어. 그리고 민정이랑 지애는 저쪽에 살았었지. 집은 낡았어도 마당이 있어서 참 좋았어. 근데 그때는 그걸 모르고 살았네."

"그대로야. 변한 것 같지만 변하지 않았어. 저 문방구도 아직 있고 뽑기 기계도 아직 그대로네. 저 아주머니 얼굴 기억나. 원래 아저씨가 항상 계셨었는데."

그리고 아내의 수다가 잔잔해질 무렵이면, 나는 아내에 이렇게 말한다.

너는 참 좋겠다고. 추억을 떠올릴 곳이 아직 남아 있어서 나는 그게 참 부럽다고. 나는 이사를 자주 다녀서 딱히 정을 붙일 곳도 없었지만, 그래도 오래 살았던 어느 동네는 모두 헐려 자취를 감추게 되었고, 이제는 추억마저 가물가물해져 나는 많이 슬프다고 말이다. 이런 말을 아내에게 하면서도 내심 그 시절 그 거리와 집 앞 풍경을 떠올리려 애써보지만, 이미 자취를 감춘 그 동네는 내 마음속에서도 재건축이 되어 사라졌나 보다. 나는 보이지 않는 것들을 향해 손을 내민다. 교복을 입고 집을 나서던 나에게, 길 위에서 만난 친구들에게, 그러나 아무도 나의 손을 잡아주지 않는다. 그날의 나는 시간과 기억만을 건네주고 스스로에게 이별을 말했었다. 남겨진 나는 그저 받아들일 수밖에 없었다.

슬픈 일이지만 그곳은 어느 순간 화려한 상가를 갖춘 고층 아파트촌으로 변했고 부동산 시세를 이끄는 지역으로 자리 잡게 되었다. 물론 그 과정에서 금전적 이익을 얻을 수도 있었지만, 세입자였던 부모님은 아무것도 얻지 못했다. 그 작은 땅덩어리라도 깔고 앉았다면 그래도 네 덕에 부자 됐다며 추억 정도야 저 멀리 날려버렸을지도 모르는 일이겠다. 그러나 우리 가족은 함께 살아오며 느꼈던 오만 가지의 감정들을 남겨둔 채 몸만 빠져나온 것과 같다.

재개발, 재건축이 낳은 명암이 아닐까 싶다. 비단 나만이 그런 것은 아니었다. 오래 살던 곳에서 쫓겨나듯 이삿짐을 싸야 하는 것은 모두에게 슬픈 일이다. 한때 몸담았던 집과 걷던 거리, 그리고 학교 앞 분식집과 주머니의 동전을 축내던 오락실을 다시 볼 수 없다는 것도. 그러나 왠지 모르게, 나는 그 안에 담긴 내 모습을 다시 끄집어낼 생각이 없다. 추억은 추억일 뿐, 그것으로 충분하다는 생각만이 남아 있다. 그토록 추웠던, 무척이나 좁고 낡았던 그곳에서의 삶은 나에겐 고통의 기억으로 남아 있기 때문이다. 차디찬 방바닥과 오물이 넘실대던 화장실 그리고 집 안을 가득 채웠던 가난의 냄새는 사람의 냄새를 짓눌렀다. 그러니 그곳엔 더 이상 사람이 살면 안 되었다. 추억을 만들어서도 안 되었다. 더 밝고 따뜻한 곳에서, 더 사람다운 추억을 만들어야 했다. 그래. 내가 그곳의 마지막 삶이어야 했다.

어느덧 저 너머로 우리 집이 보이기 시작했고 아내는 내게 말했다.

"이제 여기서 좋은 추억 많이 만들면 되지. 안 그래?"

추억을 잃은 외톨이가 아닌, 두 아이와 더 사람답고 아름다운 추억을 만들어갈 한 아버지가 고개를 끄덕였다. 지나간 일은 한낱 꿈에 불과하다. 같은 것이라면 내일의 꿈을 꾸는 게 좋겠다.

주차를 마치고 뒤를 돌아보니 아이들은 그새 잠이 들었다. 집에 가자. 그곳엔 엄마가 치우지 못한 음식 냄새가 있고 아빠가 버리지 못한 쓰레기 냄새도 있다. 보일러를 외출로 해놨으니 조금 썰렁할 수도 있겠다. 그러나 그곳에 가난의 냄새는 없다. 입김 나는 추위도.

곤히 잠든 아이들은 흔들어 깨워봐도 미동조차 하지 않았다. 어쩌랴. 큰아이는 내가, 작은 아이는 아내가 안으면 될 일이다.

무명의 작가님께

아주 오래전에, 서울역 근처를 지나다 본 어느 쪽방촌 주변에는
공사가 한창이었고 한쪽 벽에는 이런 말들이 씌어 있었다.
동자동이었나? 붉은 스프레이로 힘껏 써내린…

당신이 지금 부자라면 조금은 베풀고 살아라.
그래야 더 큰 부가 당신을 찾아올 것이다.
당신이 만일 가난하다면 더더욱 베풀고 살아라.
그래야 다음 생에도 가난이 당신을 찾지 않을 것이다.

마치 토해낸 듯 공사장 벽 위로 끼얹어진 이 짤막한 글은
나에게 모종의 암시를 주기에 충분했다. 나는 생각했다.

'음, 잘살고 싶으면 일단 베풀고 봐야 하겠군.'

그런데 우연이었을까? 볼 일을 마치고 다시 집으로 돌아가려던 나를 잡아끈, 그 아름다웠던 여대생이 말이다. 소곤대는 듯한 말들로 내게 다가왔던 그녀는 머뭇거리며 내 팔을 잡더니 겨우 용건을 꺼내 말했다.

"기부하세요."
"뭐, 뭐라구요?"
"어려운 분들을 도울 수 있어요. 얼마 하지도 않아요.
혹시 담배 피우세요? 한 달에 세 갑 정도만 양보하시면 돼요."

"요즘 담배 한 갑이 얼만데"
라는 말이 미처 튀어나오기도 전에 나는 이미 그녀가 내민 서류에 계좌번호를 기입하고 서명마저 급히 휘갈기고 있었다.
그것은 마치 마법과 같았다.
조금 전, 그 붉은 스프레이 글자가 말했던 어떤 운명,
그리고 그것을 바꿀 선한 의지와 같은 것들에 의해
나도 모르게 손이 움직이고 있던 것이다. 그러므로 나는 그녀의
미모라거나 고운 목소리에 이끌렸던 게 절대로 아니다.

내가 문학이라는 것에 조금의 관심이라도 두고 살아서였을까.
그 짧았던 글과 소소했던 일들을 아직 나는 기억한다.
또 그것은 내가 좋아하는 모양새의 글이었기 때문이기도 하다.

깊고 짧았던, 울음과 독백 사이의 어떤 것.

그리고 무언가를 남기는, 가벼운 듯 무거운 것.

나는 지금에서야 그 글의 주인이 궁금해지기 시작한다.

그는 쪽방촌에 거주하는 연세 지긋한 노인이었을까?

서울역을 근거지로 풍찬노숙하는 자유로운 영혼이었을까?

아니면 불상의 이유로 펜을 놓게 된 어느 명필가는 아닐까?

누구든 상관없다. 내가 이 이야기를 꺼낸 이유는,

그에게 몇 가지 전하고 싶은 말들이 있기 때문이다.

그 말들을 건네기 위해 그토록 오랜 시간이 흘렀다.

　무명의 작가님께.

　먼저 감사드립니다. 그 일이 있고 나서 며칠 뒤,

　저는 우연히 누군가를 알게 되었습니다.

　그리고 그 누군가는 지금의 제 아내가 되었습니다.

　그녀는 제 인생을 바꿨고 또 다른 삶을 살 기회를 줬습니다.

　그녀와 함께 사랑스러운 두 아이를 품에 안던 그날 이후로,

　비로소 저는 하루를 넘어 그다음 하루를 바라며 삽니다.

　저 자신만을 알았던 삶의 방식도 바뀌었습니다.

　맞은편 차로에서 통행을 기다리는 차를 위해

　소용이 헤드라이트를 내릴 줄도 알게 되었고

택시에서 내릴 때, 약간의 잔돈이 남는다면

그것을 기사님의 편의를 내세워 돌려드릴 줄도 알게 되었습니다.

저는 그렇게 삽니다. 당신은 지금 어디에 계신가요?

아주 오래전, 당신이 남긴 글이 이 책에 실렸습니다.

그 아래 당신의 이름 석 자라도 남겨두었더라면 더 좋았을 텐데요.

그 안에 담긴 마음이 원래 어디에 있던 건지 모두가 알 수 있다면

더 좋았을 텐데요.

그러나 그 어디에 계시든, 제 삶이 이렇게 변했듯,

당신의 삶 역시 그렇게 변해 있기를 바랍니다.

다가갈 수 없었던 많은 것들을 마주하며

같은 오늘, 당신 역시 무언가를 다시 사랑하고 있기를….

여기까지 쓰고 나니

이제 그의 모습이 조금씩 보이는 듯하다.

붉은 스프레이 통을 손에 든 그가 의미심장한 미소를 짓고 있다.

그렇다. 그는 영감을 떠올린 것이다. 남은 건 일필휘지의 세勢.

그에 손에 들린 스프레이 통이 힘차게 흔들리기 시작한다.

달카닥달카닥달카닥,

취이이이익…

오늘 밤은 어딜 가야 그의 글을 볼 수 있나.

아버지와 어머니, 진보와 보수

한국의 보수는 아버지와 같았다.

그의 시선은 언제나 집 밖을 향해 있었고 밥벌이에 지친 그는 먹고사는 걸 최우선의 가치로 여기며 살아왔다. 좀더 많은 돈을 벌어 가족을 건사하고 더 넓은 집으로 이사해 더 큰 자가용을 타는 가족을 꿈꾸며 오로지 앞을 향해 달려나갈 뿐, 그에게 따스함이라곤 찾아볼 수가 없다. 그런 그에게 아내는 매달리며 말한다. 가족의 삶을 돌아봐 달라고, 아이들의 성장을 눈여겨볼 것과 가족이 가진 내재적 가치를 소중히 여겨달라고 애원한다.

한국의 진보는 어머니와 같았다.

그녀는 굴곡진 삶 속에서도 올곧게 살고 싶었다. 아이들이 바르게 자라나길 원했고 빠듯한 살림을 꾸리면서도 아이들을 위해 지출을 아끼지 않았다. 그녀는 가장의 부재에서 오는 정서적 결핍을 두려워했다. 그래서 가끔 회식을 마치고 새벽녘에 귀가한 남편을 붙잡고 잔소리를 늘어놓기도 한다. 그런 그녀에게 남편은 하소연한다. 난들 이렇게 살고 싶겠냐고, 먹고사는 게 우선이라고, 사람 사는 세상도 결국 돈으로 사는 세상이라고 술 취한 그는 넋두리하듯 말한다.

그러나 이제 시대는 변했다.
이 땅의 모든 아버지들은 남편이라는 이유로, 밖에서 돈을 벌어온다는 그 알량한 이유 하나만으로 더 이상 집안일에 무관심하거나 아이들을 방치해두지 않는다. 퇴근해서도 소파 위에 길게 누워 TV를 시청하는 대신 아이들을 번쩍 들었다가 내려놓기도 하고 블록을 쌓아 집을 지어 그의 아이들에게만큼은 서른세 평의 널찍한 아파트를 지어주기도 한다. 휴일에는 친구들과 낚시를 가거나 등산을 하기보다는 아내와 아이들을 거느리고 유원지를 찾기도 하고 놀이공원을 찾아 멋진 추억과 사진들을 남겨오기도 한다.

어머니 역시 마찬가지다. 이제 직장에 나가 급여를 수령하는 일이 남성들만의 전유물이라고 하기엔 그녀들의 활약이 눈부시다. 수많은 여성들이 지금 이 순간도 맞벌이 전선에 뛰어들어 생활비를 벌고, 남성만큼 조직적이고 위계질서가 강한 집단에서 온갖 수모와 고초를 겪어가며 사회인으로서 거듭나고 있다. 남편이 벌어오는 월급에 의존하기보다는 소득을 창출하고 저축을 하며 부동산과 주식 등 투자에 관한 정보를 습득해 자산 가치 상승에 일조하는 모습은 이제 흔하디흔한 풍경이 되었다.

그러므로 정치도 변해야 한다.

이제는 보수도 따뜻해져야 한다. 성장 일변도가 아닌, 사회적 약자를 위한 분배 정책과 소외 계층을 향한 복지에도 힘을 쏟아야 한다. 국가적 발전만큼 사회적 정의에도 관심을 기울여야 하며 급속한 경제 발전에서 오는 부의 양극화를 예방하고 시장과 기업의 도덕적 타락을 경계해야 한다. 그리고 이러한 과정을 지나며 때론 감성에 기대어 국민을 설득할 줄도 알아야 함은 물론이다.

진보는 또 어떠한가. 진보는 이제 현실을 직시해야 한다. 월급은 그대로인데 아이들 보험에, 학원비에, 외식비에 지출만 계속 늘리다 보면 결국 가계가 파탄 나듯이, 증세 없는 복지를 외치며 기업 활동을 위축시키는 이율배반적 정책을 고수한다면 결국 민생은 파탄에 이를 수밖에 없다. 소득의 분배에 초점을 맞추고자 한다면 먼저 소득의 창출이 병행되어야 함을 알아야 하며 소득의 분배 역시 살진 아이의 밥그릇에서 밥 한 숟가락 덜어 마른 아이의 밥그릇에 얹어주듯, 적절한 조절을 통해 효율적인 분배가 될 수 있도록 정책을 수정해야 한다.

"여보, 집에 왔으면 아이들과 놀아주기도 하고 집안일도 좀 거들고 해요"라는 아내의 요청에 "바깥에서 돈 벌어오는 게 얼마나 힘든 줄 알고 감히 나한테 그따위 소리야"라며 밥상이라도 뒤집어엎는다면 요즘 세상 같아서는 당장 이혼감이다.

마찬가지로 "여보, 생활비를 좀 아껴 써야겠어요"라는 남편의 요청에 "월급도 코딱지만큼 벌어오는 주제에 뭐가 잘났다고 큰소리야. 난 나갈 테니 네 밥은 네가 알아서 챙겨 먹어"라며 명품백을 둘러맨 아내가 집을 나서며 응수한다면, 게다가 먹을 것이라곤 말라붙은 파김치와 꺼진 밥솥 안의 굳은 밥뿐이라면, 그 역시도 당장 이혼감이다.

정치 역시 마찬가지다. 우주로의 상업 비행을 꿈꾸는 인류가 로켓을 쏘아 올리며, 넘쳐나는 전자적 물질로 인해 전파로 영위하는 삶이 당연시되는 오늘날까지 낡은 유물 정치를 고집한다면, 결국 유권자들로부터 버림받아 역사 속에서나 존재하는 정당으로 남겨질 것이다.

세상은 변했다. 사람이 태어나고 죽어서 땅에 묻히듯, 급변하는 사회에 나날이 새로운 가치가 탄생하고 있으며 낡은 시대정신은 마치 오래된 비디오 플레이어처럼 아무짝에도 쓸모없는 물건이 되어 곧 폐기 수순이나. 왜 정치만 그대로 미물러 있는가.

진보와 보수는 오늘도 싸운다. 부부 싸움은 칼로 물 베기라 했는데, 칼로 물은 못 베도 국민은 잘도 베어 쓰러트린다. 보아하니 화두는 이재명 도지사의 기본 소득과 재난지원금의 보편 지급 논란인데, 마치 월급날이 되기도 전에 미친 듯이 신용 카드를 긁어 대는 꼴이다. 이런 무책임한 매표 행위의 대가는 과연 누구의 몫으로 남겨지는가.

이 글의 목적은 그게 아님에도 자꾸 머릿속에 드는 생각은 어쩔 수 없다. 갑자기 내 아내에게 감사한 마음이 들기 시작한 것이다. 다행이다. 그녀가 이 나라의 진보답지 않아서 말이다.

그러나 언제나 그렇듯, 나는 내 아이덴티티를 간직하겠다. 나는 결코 쉽게 말하지 않는다. "사랑해"라는, 아주 쉬운 그 말을 말이다.

희망에 관하여

군 시절, 무더웠던 어느 여름날의 일이다. 행군 대열 속에 나는
완전 무장을 갖춘 채 가파른 산길을 오르고 있었다.
기도를 달구는 열기로 호흡마저 내쉬기 힘든 상황에서도 중대원
들은 무거운 걸음을 이어나갈 뿐이었다. 무장과 소총이 어깨를 파
고드는 듯했고 악전고투 속에서, 모두가 한계를 느끼고 있었다.

한 선임병의 목소리가 울려 퍼진 건 그때쯤이었다. 대열 후미에
서 후임들을 독려하던 그였다. 그는 이렇게 말했다.

"절대 고개를 들지 마라. 앞을 내다보려 하지도 마라. 앞사람의
발만 보고 걸어라. 이제 얼마 남지 않았다."

서릿발 같은 선임병의 외침은 중대 전체를 휘어잡기에 충분했고
대열은 다시 움직이기 시작했다. 그러나 그의 말을 따라 시선을

고정한 채 간신히 발걸음을 옮기던 나는 뭔가에 홀린 듯, 그 길의 끝을 추적하고 있었다. 그리고 그 끝이 보이지 않는다는 사실을 알게 된 나는 결국 그 자리에 주저앉고 말았다. 고통이 곧 끝날 거라는 희망마저 잃은 나에겐, 그 어떤 원동력도 남아 있지 않던 것이다. 나는 그렇게 대열에서 이탈했고 완주를 포기했으며, 행군에서 끝내 낙오했다. 마음의 문제였다. 나는 단지 희망을 잃었을 뿐이었다.

사람은 단순히 힘들다는 이유로 주저앉지 않는다고, 희망을 잃었을 때 주저앉는 게 사람이라고, 오래전의 이 일을 떠올리며 나는 생각한다. 작은 불씨처럼 내 마음 안에 피어오르던 그 작은 희망이 있었다. 끝을 알 수 없는 이 길이 언젠가 끝날 거라는 믿음이 있었다. 그러나 마침 불어온 바람에 연기처럼 사라지던 그 좌절과 허망함의 순간을 기억한다. 이제야 알 수 있을 것 같기도 하다. 사람은 무엇으로 사는지 말이다.

사람을 움직이게 하는 건 결국 희망이었다. 그러므로 희망이란 말은 진부하지만, 곧 진리인 것이다. 어쩌면 이토록 귀한 말을 듣고도 무던할 수 있는 건, 우린 아직 희망을 잃지 않고 살아가기 때문이겠다. 그러나 누구나 쉽게 말할 순 있어도 그것을 지켜내는 건 쉽지 않다. 무너지는 건 한순간이며, 다시 일으켜 세우는 건 때론 불가능하기도 하다. 희망이란 그렇게 인간을 강하고도 질기게 만들어주지만, 저 스스로는 깨지기 쉬운 연약한 존재이기도 하다. 특히 정치에 의해 국민의 삶이 좌지우지되는 요즘 같은 때에는 더욱 그렇다.

작지만 소중했던 희망들이 있었다. 누군가는 셋방살이를 오가면서도 꼬박꼬박 저축해, 꼭 내 집 마련의 꿈을 이루겠다는 일념으로 하루를 버텼으리라. 누군가는 어렵사리 마련한 작은 가게 문을 열며, 반갑게 맞이할 그의 손님들을 기다렸으리라. 또 누군가는 노력한 대로 보상받는다는 믿음 아래, 묵묵히 책상 위로 흩날린 머리칼을 쓸어 담았으리라.

이제 다시 희망이 아닌 절망에 물들어, 치솟은 집값에 기약 없는 반지하 셋방살이를 누군가는 계속 이어나가야 했다. 치솟은 인건비에 고용을 포기한 자영업자들은 가족까지 동원해가며 가게를 지킨다. 쉽게 취업한 자가 그보다 더 쉽게 정규직이 되는 현실에 청년은 문득 공정의 사전적 정의를 뒤적인다. 그리고 기회가 아닌 기본이 난무하는 세상을 본다. 기본 소득에 이어 기본 주택, 기본 대출까지 거론된다. 희망을 잃은 대가가 고작 기본에 찌들어 타성에 젖어들 삶이라는 사실에, 물들다 못해 결국 절망 그 자체가 되어버린 사람들이 더욱 열광한다. 위로가 그들의 희망이 된 것이다.

내가 아는 나의 희망은 일상 속에서도, 피폐했던 젊음을 둘러싼 무참한 현실 속에서도, 내 마음 안에서 끊임없이 자라나 작은 꽃을 피웠다. 그것은 나의 희망이었고 내가 만들어낸 희망이었다. 꺾여도 저 스스로 꺾였어야 했다. 꺾어도 그 주인인 내가 꺾어버렸어야 했다. 그게 아니더라도 최소한, 누군가의 희망을 꺾는 게 국가가 되지 말았어야 했고, 정치가 되지 말았어야 했다. 지금 우리는 어떤 정치가 횡행하는, 얼마만큼 성숙하고 상식적인 나라에 살고 있는가.

다시 그때로 되돌아와, 부대로 복귀한 나는 잠시 앉아 생각했다. 만일 내가 그때 그 오르막길에서 결국 주저앉지 않았다면 어떻게 됐을까? 그리고 그에 대한 답을 어느 후임이 들려줬다. 중대는 결국 내가 보지 못했던 그 길의 끝에서 정상을 밟았고, 굽은 길을 돌자마자 시원한 바람과 마주했다고 말이다. 중대장이 미지근한 맥주도 한 캔씩 돌렸다는 녀석의 말에 어찌나 땅을 치고 후회했던지.

군홧발에 치여 흩어지던 돌 부스러기들의 아우성이 아직 귓가에 생생하다. 어쩌면, 우리네 삶이 그래서인지도 모르겠다. 수많은 인생 조각들이 모여들어 비벼지고 다시 흩어진다. 저만치 물러난 꿈들이 가련하다. 그러나 어쩌겠는가. 우리는 살아가야 할 숱한 이유들로 결국 다시 몸을 일으켜야 한다.

다시 끝없이 펼쳐지던 오르막길 위에 서 있는 듯하다. 무장과 병기가 어깨를 파고든다. 흙먼지가 모락모락 피어오른다. 앞이 안 보이기 시작한다. 그러나 이제 나는 절대 낙오하지 않을 것이다. 그 선임병의 말처럼, 앞사람의 발만 보고 뚜벅뚜벅 걸어가야 하겠다.

다시 발걸음을 옮긴다. 이 고통은 곧 끝날 것이다.

별의 순간은 누구에게나 있다

별의 순간은 누구에게나 있다. 그것은 권력의 정점에 오르려는 자 또는 사회적 유명 인사에게만 주어지지 않는다. 우리 일상에도 별의 순간은 찾아온다. 높고 낮음을 가리지 않고 빈부를 가리지 않는다. 별의 순간은 누구에게나 주어지는 삶의 대전환이다.

나에게 별의 순간은 언제였을까? 청와대 청원 〈시무 7조〉로 43만의 동의를 이끌어낸 그때였을까? 아니면 논객이라는 칭호를 부여받고 유명 일간지에 기고문을 싣게 된 지금일까? 아니, 어느 쪽도 아니다. 내 별의 순간은 그보다 훨씬 전 일이다. 그리고 나는 지금의 이런 상황이 그리 달갑지만은 않다. 글을 쓴다는 건 나에겐 큰 고통이기 때문이다. 언젠가 나는 예전의 나로 되돌아갈 것이다.

나는 별의 순간을 맞이하기 전, 누군가의 그 순간을 지켜보았다. 부산의 상고를 졸업하고 인권 변호사에서 변두리 정치인으로 우리에게 알려졌던 그는 이마에 깊은 주름이 있었고 온화한 미소를 가진 사람이었다. 그는 가난한 자를 대신해 모두가 잘살 수 있는 사회를 말했고 기득권과 가진 자에게 맞선 정의를 말했다. 그의 말은 아름다웠고 그의 세상은 찬란했다. 사람이 모여들었고 마음이 팽창했다. 별의 순간이었다. 이변과 격변을 거듭하던 그는 어느새 가장 크고 빛나는 별이 되어 있었다.

그가 별이 되었을 때, 나는 나 또한 별이 될 수 있을 거라 믿었다. 빈자의 아들로서 부유층 자식들과 어울려야 했던 나는 강남 8학군이 낳은 반체제 인물이나 다름없었고, 머릿속은 온통 사회적 정의나 재벌 해체와 같은 말로 가득했다. 그런 나에게 그는 가난한 청년의 놀이터였고 비루한 영혼의 안식처였다. 가진 자들의 세상이 마침내 무너질 거라고, 질척거리는 세상의 정의가 마침내 견고해질 거라고, 차고 눅눅한 방바닥에 누워 나는 생각했다.

2년 남짓한 시간이 흘렀다. 군대를 전역하니 내 손에 쥐어진 건 조잡하게 코팅한 전역증이 전부였다. 군번과 소속, 계급에 얽매였던 시간은 나에게 아무것도 남겨주지 않았다. 나는 변하지 않았고 세상 역시 변하지 않은 건 마찬가지였다.

가난은 그대로였다. 집은 여전히 서울 변두리의 임대 아파트에 있었고 부모님은 여전히 서민 신분이었다. 놀랍게도 아버지는 대기업 계열사에서 운전 일을 하며 월급을 받고 있었다. 가족을 먹여 살리고 있던 건 다름 아닌 재벌의 돈이었다. 정의는 무너졌다. 2005년 10월, 경찰관 7명이 불에 타 숨진 부산 동의대 사태에 관한 뉴스가 흘러나왔다. 학생운동 중 전경들을 감금하고 불에 태워 없앤 자들이 민주화 운동 유공자로 인정받았다고 했다. 그리고 이에 반발한 유족들의 헌법소원 청구에 헌재의 각하 결정이 내려졌다고 했다. 민주화의 불꽃은 사람의 뼈와 살을 태우며 만개했음을 알았다. 사상과 이념에 뒤틀린 정의가 붕괴하는 걸 보았다. 오열하는 유족들의 어깨가 TV 화면 속에서 일렁였다.

구속된 학생들의 변호인 명단에서 익숙한 이름들이 눈에 들어왔다. 그의 이름 석 자가 별처럼 빛나고 있었고 나는 눈을 감았다.

나에게 진실은 타인에게서 주어지는 것이 아닌, 내 안의 명료한 외침과 같아서 나는 그에게 이별을 고했다. 정치라는 것과 결별했고 그것들이 제시하는 달콤한 말과 작별했다. 허황된 것들을 향한 시선을 멈추고 눈앞의 현실을 직시했을 때, 나는 비로소 자유로울 수 있었다. 몸을 일으킨 나는 골프장으로 향했다. 폐장 후 공 줍는 일을 할 사람이 급히 필요하다고 했다. 시급은 5,000원이었다. 가난은 나의 몫이었다. 정치인의 몫이 아니었다. 정의도 나의 몫이었다. 세상에 바랄 게 아니었다.

별의 순간이 다가왔다. 낮에는 공부를 했고 밤에는 골프장에서

공을 주웠다. 어느 날 밤, 공을 줍는데 갑자기 비가 내리기 시작했다. 높이 솟은 가로등만이 조용히 빛나고 있었다. 빛을 머금은 비는 수천 개의 별이 되어 쏟아졌다. 내리던 비가 타닥타닥 어깨를 두드리며 속삭였다. 어이, 별의 순간이야. 나는 오도카니 서서 별들을 맞았다. 담배를 한 대 꺼내 물자, 별에 젖어 고꾸라졌다. 두 번째, 세 번째 시도에 겨우 담뱃불을 붙일 수 있었다. 그다음 해, 나는 그토록 바라던 한 회사의 입사 시험에 결국 합격했다. 세 번 도전에 걸친 결과였다.

어느덧 나이 마흔이 되었다. 일을 마치고 집에 돌아온 나는 아이들과 볼을 비비며 인사한다. 아들놈은 벌써부터 놀아달라고 난리다. 딸아이의 기저귀를 살핀다. 갈아야겠다. 집을 둘러본다. 온기는 충만하며 습도는 쾌적하다. 가난도 없다. 가진 자를 향한 분노도 없다. 이제 나는 나로서 견고하다.

요청받은 기고문의 주제를 나는 이렇게 정하기로 했다. '별의 순간은 누구에게나 있다.' 스쳐 가는 생각들을 써넣는 화이트보드엔 이 말이 선명하다. 그리고 어느샌가 그곳에 아내가 남겨놓은 말이 함께 있었다. '지금 이 순간.'

세상은 아직 그대로다. 가난한 자는 역시 가난하며 부유한 자는 언제나 부유하다. 정의마저 바래가는 세상에서, 내가 길 수 있는 일은 그저 글을 쓰는 것뿐이다. 골프장에서 공을 줍던 나는 골방에 틀어박혀 글을 줍는다.

아이들을 재우려는 아내가 침실로 들어갔다. 불이 꺼지고 다시 어둠이 찾아왔다. 지금 이 순간, 나는 또 다른 별의 순간을 기다린다. 그 순간은 내가 아닌, 내 아이들을 위한 것이겠다.

2장
。

월하백서

─ 달에 베인 세상

자궁 너머 빛을 좇는 태아의 눈으로
이명에 묻힌 노인의 낡은 귀 뒤로
굽은 손가락에 걸친 직선의 연필 자루로
나는 보고 듣고 마침내 쓰리라

한양백서

청계천이 범람했다. 오간수문이 막혀 물길을 열어내지 못한 청계천은 제 기능을 상실했고 인왕산과 북악산, 남산의 지류를 감당하지 못해 울컥댔다. 준천을 실시해 물길을 넓히고 유속을 보전한 수치 사업은 원점으로 회귀했고 배출구를 잃은 인간의 욕구는 똥 덩어리가 되어 수면 위를 덮었다.

똥 덩어리들은 농밀하게 익어갔고 코를 찌르는 냄새가 동십자각까지 퍼져 나갔다. 광화문 앞 육조거리는 똥물에 질척여 인마의 수송이 불가한 듯 보였으나 육조판서들의 가마는 똥 구덩이를 요리조리 피하며 제 갈 길을 찾았다. 동십자각 위의 병졸들은 똥물이 두려워 교대를 미뤘다.

꽉 막힌 수문은 '어느 누가 막았는가'의 책임론을 넘어서 '어떻게 열 것인가'의 방법론으로 전개되는 듯했다. 실증론에 입각한 학자들에 의해 오간수문의 파쇄가 논의되었으나 그해, 좌인은 우 인을 납노했고 기가 뻗친 소성 대신들은 농불 위에 토사불을 덮어 악취를 상쇄하자는 '토사물 3법'을 발의했다. 사상 초유의 법안에 시류에 정통한 논객들이 앞다퉈 성문에 벽서를 붙여댔고 민초들은 웅성대고 또는 웅얼대며 벽서를 훑었다.

어느 논객은 '조정이 똥물을 안 치우는 이유'라는 제하의 벽서를 통해 조정의 야비함을 폭로했다. 왕권의 배척점에 섰던 어느 대신은 경제학에 능통했고 '토사물 3법'의 부당함을 역설해 조정의 무능함과 정책의 모순성을 비판했다. 성문 앞의 민초들은 질색해 "과연 옳다 뿐인가" 탄식하며 벽서를 필사해 여기저기 퍼 날랐다. 그러나 결국 나라는 똥물 위에 겹친 토사물에 점령되었고 내음은 합쳐 무르익어 더욱 고약했다.

도성 안의 똥물은 해를 넘길 듯 이어졌고 어느 순간, 시대의 변혁에 앞서 감내해야 할 덕목으로 탈바꿈했다. 백성들은 똥물에서 우러나오는 깊은 고약함과 역겨움을 '본디 그러한 것이다' 정도의 내면적 합의로 받아들이기 시작했고 '본디 그러했던 청아한 것들'은 잊히게 됐는데 그 과정은 서럽고도 유연했다.

왕권을 노리던 어느 대신이 똥물 걱정 없이 평생 살 수 있는 '조정의 기본 주택과 기본 소득'을 내세우며 백성들을 다독였는데, 들어찬 똥물에 집을 잃고 치솟는 임대료에 임차인의 신분조차 누리지 못한 백성들은 그의 말에 광적으로 몰두해 빠져들었다.

그의 격문이 반포되던 날, 저잣거리에 모인 백성들은 똥물을 뒤집어쓴 채 감격했고 이제야 어둠을 밝힐 빛이 땅에 내린 것이라며 울부짖었다.

멀찌감치 지켜보던 한 서생이 백성들 앞에 나서며 이와 같이 말했다.

"나라의 재정은 그 끝이 정해져 있소. 누군가가 공짜로 밥을 얻어먹는다면 누군가는 곡식을 털어 나라에 바쳐야 할 것이오, 그렇지 않다면 이 땅의 아들딸들이 갚아내야 할 것이외다. 빼앗는 자가 있는데 어찌 빼앗기는 자가 없겠소이까. 여기 자신이 빼앗기지 않고 공짜 밥을 먹을 수 있다고 생각하는 자가 있다면 모두 손을 들어보시오."

그 말이 끝나기가 무섭게 모든 백성이 제 손을 번쩍 들어 치켜세웠고, 서생은 "과연 사람을 홀리는 것은 공짜 밥과 공짜 술뿐이로다. 듣던 대로 그는 뱀처럼 교활한 자로구나"라며 허탈하게 웃더니 자리를 떴다.

조정의 구휼미는 동이 났고 역병 아래의 소상공인과 노약자, 취약계층의 아동들은 결국 관아 앞에서 발길을 돌렸는데, 그날 밤, 만백성이 배를 두드리는 태평성대의 날이 도래했다며 취객들은 고성방가했다. 민촌의 개들이 컹컹 짖으며 응수했고 밤새 소란스러워 백성들은 잠을 설쳤다.

'토사물 3법'은 결국 어느 대신이 예언했던 대로 전세 시세를 바짝 추켜올렸다. 집주인들은 세입자를 내보내지 못해 안달이었고 백성들은 폭등한 전세 시세에 거처를 마련하지 못해 안달이었다. '토사물 3법'을 입안했던 호조판서가 가장 먼저 토사물에 갇혀 히우걱댔는데 백성들은 이를 두고 사슬사막이라며 조롱했다.

진정한 지옥 불은 갱신계약권이 소멸한 이후에 펼쳐질 요량으로 낮게 도사려 화기를 억눌렀다. 도성의 밤은 음산했고 깊이 시려 아리었다.

가을에 이르러, 천정부지로 치솟던 한양의 집값은 결국 신고가를 갱신하고 말았다. 똥물이 닿지 않는 고지대에 거처를 마련했던 어용 대신들과 더불어 지지자들은 큰 시세 차익을 거뒀고 세간살이를 늘려 거처를 옮길 생각에 잠을 이루지 못했는데, 똥물에 젖은 세간살이를 내버릴 처지의 백성은 독주를 털어 넣고 술기운에 잠이 들었다. 그러나 어느 누구도 스스로 나서서 똥물을 걷어낼 생각은 하지 못했다. 한양의 백성들은 이미 타성에 물들었고 똥물에 길들어 순응한 지 오래였다.

갑주를 걸친 기병들이 환도를 절그럭거리며 성문을 드나들었다. 흙먼지를 추적하던 초병이 적국에 잠입해 정보를 캐던 세작의 복귀를 알렸고, 기병들이 이를 호위해 병조 관아 앞에 당도했다. 족하에 꿇어앉은 세작이 거친 숨을 내쉬며 겨우 말했다.

"급보요. 적국이 열병식을 개최했소. 기름 친 병장기가 거대한 물결을 이뤘고 전마가 앞뒤로 꼬리를 물어 그 끝이 보이지 않았소. 신형 신기전을 앞세웠는데, 그 위용이 하늘을 찌르는 듯했고 사정거리는 이미 동맹국의 영토를 노린다 하였소이다."

세작의 소상한 보고에 나라는 발칵 뒤집혔고 민심은 얼어붙었다. 그러나 조정의 대신들은 신무기의 공포보다 적국 왕의 '사랑하는 남녀 동포들'이라는 언사에 극심히 감격했고, "과연 계몽 군주로다!", "종전선언만이 답이올시다!"라며 침 튀기고 무릎을 쳐대며 외쳤다.

격심한 그들은 왕명을 받아 조정의 입장문을 작성했는데, 밤낮으로 머리를 맞대고 승정원에 모여 앉아 논의한 끝에 결국 '유감을 표명한다', '자제를 촉구한다', '엄중히 경고한다'는 문구 대신 '주목한다'라는 표현으로 그 끝을 장식했다. 대신들은 "참으로 아름다운 중의적인 표현이니 이는 모두 그대들의 공이오"라며 술잔을 기울여 서로 필봉을 추켜세웠다.

왕이 역병에 걸렸다는 소문이 돌기 시작한 건 그때쯤이었다. 쥐구멍의 울음소리로 시작한 소문은 산천의 메아리가 되어 퍼졌다. 의금부는 촉각을 곤두세웠고, 소문의 끝을 역추적해 병졸을 풀었다. 곧 소문을 퍼트린 자가 체포되었다는 보고가 올랐고, 사안의 엄중함을 고려해 종1품의 의금부 판사가 나서며 친히 국문에 임했다.

봉두난발을 한 백면의 서생이 포박되어 끌려왔다. 낯이 익었다. '이 자는 필시 며칠 전 저잣거리에서 재정을 운운하던 자가 맞으렷다.' 의금부 판사는 복대를 끌어 올려 심기를 다잡았고 이내 하문했다.

"감히 전하를 역병에 길린 환사도 문삽시켜 능멸한 것이 네놈이더냐?"

"아니오. 왕은 역병에 걸리지 않았소."

'그렇다면'으로 되받은 판사의 말을 '그러나'로 끊어낸 서생은 살아서 모든 것을 토해내겠다는 듯 길게 말을 이어갔다.

"왕은 역병이 아닌 북병北病에 걸렸소. 백성이 불에 타 죽어도 북, 적국이 도발해도 북, 신무기를 개발해도 북이니 과연 북병이 아니고 무엇이겠소? 이것은 약으로도 고칠 수 없는 중병重病이오, 나라의 앞날을 망치는 복병伏兵이니, 이는 역병疫病보다 더한 천하의 몹쓸 병이외다. 내 말이 틀렸소이까?"

서생은 이죽대며 빈정거렸다. 차마 못 볼 꼴을 봤다는 듯 판사는 등을 돌려 국청을 빠져나갔고 이내 어명을 담은 교서가 의금부도사를 거쳐 하달되었다.

서생의 입은 아교로 칠해져 봉인되었고 전옥서로 이송되었다. 투옥되던 날, 짚의 누린내는 코를 찔렀고 그의 옆자리에는 백발의 노인이 먼저 자리를 잡고 앉아 있었는데, 그의 목을 감은 칼에는 그의 죄상이 낱낱이 적혀 있어 낯 뜨거웠다.

'왕은 공산주의자다'라고 발설한 명예훼손의 죄

노인의 입 또한 아교로 봉인되어 있었는데, 노인은 겨우 복심으로 꿀렁대 그 뜻을 전해왔다.

"나는 아직 2심일세."

서생은 막힌 입 대신 콧구멍으로 깊은 탄식을 내뱉었다.

―――

청천이 바래어 황천이 되었음에 백로는 날아올라 궤적 속에 명확했고, 보름달은 빛을 잃어 기울었는데, 별은 깊어 그 자리에 형형했다. 시간의 흐름에 따라, 사물은 제 형태와 본질을 수시로 바꿨고 위정자들은 그를 쫓아 가면을 뒤집어썼는데, 불변의 가치는 백성들의 눈 안에 담겼으니 그것은 정의인 것이라 누군가가 말했다.

그해, 정의는 이 땅에 살아 숨 쉼이 버거웠는지 잠시 숨을 골랐는데, 그사이 조정 전체를 손아귀에 넣은 형조판서는 관아 곳곳에 제 심복을 깔아 배치했고 관아 명판에 '공정과 정의'를 깊이 새겨 안도했다.

똥물에 삳힌 백성들은 정의正義의 정의定義를 '시시때때로 변하는 우리들만의 것'이라 정의했고, 똥물을 뒤집어쓴 자와 똥물을 피한 자가 한데 뒤섞여 아우성쳤다.

서생은 고개를 들어 창살 너머를 내다보았다. 달은 기울었음에도 절반의 빛을 오롯이 내뿜고 있었다. 한양에 비가 내렸다. 그러나 똥 내음을 지워내지는 못하였다.

과거열전

그해, 소과시험은 기일에 맞춰 속행했다. 진사의 벼슬에 응시한 각 고을의 선비들이 제 아비의 지게에, 고삐 쥔 머슴의 우마차에, 혹은 절뚝거리는 제 발 위에 각기 비루한 몸뚱어리를 얹어 성문 앞에 당도했다.

성문 앞은 선비들을 상대로 각종 문필기구와 요깃거리 등을 팔아 치우려는 잡상인들로 문전성시를 이루었고, 인근 학당에서는 동문들이 몰려나와 선비들을 응원했다. 선비들은 비척대고 비실대며 근정전 앞에 도열했고, 어전의 위엄을 감내한 그들은 낡고 묵은 지필묵을 펼쳐 앉았다.

과제를 기다리던 중, 전날 과음한 어느 선비가 토악질을 해댔고 곧 관리들에 의해 끌려가 매질을 당했다. 철퍽 철퍼덕 볼기짝을 치대는 곤봉 소리가 요란했고 주변에서 낄낄대는 소리가 새어나왔다. 토사물은 그 자리에 그대로 남아 고약한 냄새를 내뿜었다. 감독관들이 '엣헴' 하며 긴장감을 돋웠고 이내 방이 올랐다.

초시

묻노니 논하라.

선거 전, 민주당이 만천하에 이르길

집값을 반드시 내리겠다 확언하였는바,

민주당이 압승을 거둔 서울의 집값이 유난히

대폭등한 이유는 무엇인지 논할 것이며,

대폭등한 집값에 서울의 유주택자들이 돈방석에 앉아

앞다퉈 독일제 고급 승용차를 계약하고 있음에도 불구하고,

집도 못 사고 전·월세 역시 폭등해

길바닥에 나앉을 처지의 처량한 무주택자들이

아직도 민주당을 지지하는 이유가 무엇인지 논하라.

선비들은 일제히 고개를 숙였고 이내 붓을 놀리기 시작했다. 지면을 스치는 붓들이 쓱쓱 삭삭 제각각의 소리를 내며 할당된 공백을 채웠고 때때로 선비들은 '타하', '어허', '췌잇' 등의 탄식을 내뱉으며 답안 작성에 골몰했다.

"종료 십 분 전이오!"

감독관이 징을 울렸다. 붓을 놀리는 소리가 더욱 빨라졌고 한 선비는 감독관의 도포 자락을 붙잡고 늘어졌다.

"납안을 살못 썼소. 답안지를 바꿔주시오. 부탁이오."

선비의 읍소에 감독관은 곤봉을 흔들며 답했다.

"국시를 미룬 의원들의 곤궁함도 내치는 게 국법의 지엄함이거늘, 네깟 놈이 무에 그리 대단한 자라고 답안을 둘씩이나 써낸단 말이냐. 여봐라. 이 덜떨어진 작자를 당장 밖으로 끌어내어라."

문경새재를 넘는 고단함을 읍소하며 버티던 선비는 결국 흙바닥 위로 내던져졌다. '살려주시오'라는 비명은 철퍼덕하는 소리에 묻혔고 먼지가 일어 메케했다. 주변에서 다시 낄낄대는 소리가 새어 나왔다.

"초시 종료요!"

감독관이 징을 울려 진사과의 초시가 종료됐음을 알렸고 선비들은 일제히 엎드려 '성은이 망극하옵니다'를 외쳤다. 성균관의 학자들과 육조의 당상관들이 모여들었고 '엇흠', '좌하', '오호라' 따위의 감탄사를 연발하며 답안을 검토하기 시작했다.

추려낸 답안을 든 이조판서가 연석 위에 섰다. 북이 울려대며 긴장감을 한껏 고조시켰고 이내 징과 박이 맞물려 경박하게 울려댔다.

"차석이오! 안양마을의 김평촌이가 진사과의 초시에 차석으로 합격했소이다!

차석의 답안은 다음과 같았다.

집값이 오른들 어떠하고 전·월세에 쫓겨난들 어떠하리

강남삼구 마·용·성이 황금성이 된들 어떠하리

우리 같이 기본 주택에 얽혀 백 년까지 누리리라

"아, 아름답도다!"

"구구절절하여 눈물이 앞을 가리는도다!"

"참으로 아름다운 무소유의 정신이로다!"

육조의 판서들이 앞다퉈 입에서 침을 튀겨대기 시작했다. 선비들은 어디서 많이 들어본 것 같다며 웅성댔지만 격렬한 판서들의 반응에 할 말을 잃고 결국 자리를 지킬 뿐이었다.

이윽고 이조판서는 수석의 답안을 발표했다.

"수석이오! 양천마을의 나목동이가 진사과의 초시에 수석으로 합격했소이다!"

문심가文心歌

이 집을 팔고 팔아 일백 번 고쳐 팔아

재산세와 양도세에 돈이라도 있고 없고

문x 향한 일편단심이야 가실 줄 있으랴

다리에 힘이 풀린 육조의 판서들이 줄줄이 쓰러지기 시작했다.

"과연 훌륭하도다!"

"가히 정몽주 선생의 환생을 보는 듯하도다!"

"눈물, 콧물이 폭포수처럼 흘러내리는도다!"

잠자코 듣고 있던 선비들이 마침내 입을 열었다.

"이것이 도통 뭣 하는 짓거리들이오! 저자들이 써 재낀 것은 하여가와 단심가의 삿된 표절에 지나지 않느냔 말이오! 이다지도 개탄스러울 수가… 그대들은 하늘이 무섭지도 않소!"

고사장은 선비들의 아우성으로 뒤덮여 들끓는 듯했고 이조판서는 눈알을 데굴데굴 굴리며 고심하다 외쳤다.

"아직, 장원급제의 자리가 남았소이다!"

그러자 서로가 장원급제라 여긴 선비들이 일제히 입을 닫아 함구했고, 잔잔한 미소를 억지로 자아내며 갓끈을 조였다. 다시 이조판서가 목청을 가다듬었다.

"장원급제요! 강남마을의 최대치가 진사과의 초시에 장원급제 하였소이다!"

부동산별곡

살어리 살어리랏다 호텔에 살어리랏다
룸서비스와 조식 뷔페 먹고 호텔에 살어리랏다
얄리얄리 얄랑셩 얄라리 얄라

울어라 울어라 무주택자여, 자고 일어나 울어라 서민이여
폭동한 전·월세에 길바닥에 앉은 나도, 자고 일어나 우는도다
얄리얄리 얄라셩 얄라리 얄라

정부 말만 믿고 새 된 자, 신고가 위로 날던 유주택자 본다
피눈물 젖은 임대차 계약서 들고 집주인만 바라본다
얄리얄리 얄라셩 얄라리 얄라

이럭저럭 낮은 버텨왔건만 전세도 월세도 없는 밤에,
집주인은 퇴거를 요청하니 어쩔 것인가
얄리얄리 얄라셩 얄라리 얄라

어디다 던지는 돌인가, 누구를 위한 정책인가
이 모든 게 이명박, 박근혜 정권 탓이니 맞아서 우는도다
얄리얄리 얄라셩 얄라리 얄라

살어리 살어리랏다 호텔에 살어리랏다
고깃배 타고 크루즈 여행 간다 택시 타고 유라시아 횡단 간다
얄리얄리 얄라셩 얄라리 얄라

"만백성이 체크인할지어다!"

"아아, 성은이 망극하옵니다. 전하!"

육조의 판서들이 일제히 바닥에 엎어져 곡을 하며 땅을 쳐댔다. 더러는 바람개비를 돌며 미친 듯이 춤을 추었고, 더러는 꽹과리 소리에 맞춰 뱀처럼 몸을 비틀며 흔들어댔다. 복받치는 감정을 못 이긴 어느 대신은 계단 밑으로 몸을 던졌고 절벽 위의 도토리처럼 데굴데굴 굴러떨어지며 외쳤다.

"이 모든 것이 이명박, 박근혜 정권 탓이라니! 만인이 앙망한 궁극의 해답이며, 이 시대의 올바른 참정신이로다!"

아수라장이 된 고사장 위로 늦가을의 까치가 날며 배설물을 싸질렀고 후드득 떨어진 오물이 대신들의 도포를 적셨다.

그때였다. 답안 뭉치에서 한 장의 글월이 저 스스로 빠져나와 고사장 가운데에 낙엽이 되어 내려앉았다. 한 선비가 자리에서 일어나 형형한 눈을 들어 대신들을 응시했다. 입이 아교로 봉해진 선비는 허공에 붓을 휘둘렀는데, 놀랍게도 흩뿌려진 먹들이 저 스스로 이어 붙고 얽혀들어 문자를 형성했다.

표심가票心歌

귀신에 홀린 듯, 이조판서는 그의 답안을 주워들어 단숨에 읽어내렸다.

노무현 정부여 아아, 이명박 정부여

진보 정권이 들어서면 집값이 폭등하고
보수 정권이 들어서면 집값이 폭락하니
대명제의 학습효과를 이 땅 위에 공고히 했음에

배운 것 남 주랴, 탐욕에 눈먼 강남 좌파들이
제 집값을 올리려 민주당에 표를 던지고

우매한 무주택자들은 집값 내려준다는
거짓말에 속아 민주당에 표를 던지네

세금을 휩쓴 문 정부는 국토부 장관 뒤에 숨어 음산하고
총선을 휩쓴 민주당은 콘크리트 지지층 뒤에 숨어 음흉한데,
돈방석에 오른 것은 대신들이오, 강남 좌파들이니
죽어나는 것은 서민이요, 무주택자들뿐이로다

아아, 탐욕과 치욕의 수도 서울이여!
깨어나지 못한 자, 영원히 잠들 것이니,
오매불망 술잔에 기대어 억겁의 잠에 빠져드는구나
어이할 거나 아아, 이 일을 어이할 거나

"더, 더러운 글이로다!"

이조판서가 손을 바들바들 떨며 외쳤다. 육조의 판서들과 정승들이 웅성거리며 모여들었고 선비의 답안을 받아 돌려 읽기 시작했다. 별안간, 여권의 잠룡 중 하나라 불리던 좌의정 이 대감이 입에서 부글부글 거품을 흘려대기 시작했다. 이른바, 똑똑한 한 채 정신으로 강남권의 아파트를 초고가에 매도해 17억의 시세 차익을 거두고, 연이어 서울 한복판의 17억짜리 고급 주상복합 아파트에 갭투자를 시전해 투자의 달인임을 몸소 증명했던 그가 격분해 호통쳤는데, 과연 그의 말은 청산유수였다.

"투기를 하지 않는 것만이 책임 있는 선택은 아니거늘, 오히려 투기와 갭투자로 시세 차익을 거둬 백성의 심판을 받는 것이 책임 있는 공당의 도리 아니겠느냐!"

나머지 잠룡 중 하나라 불리던 경기 관찰사 이 대감 역시 격노해 부들부들 몸을 떨어대기 시작했다. 왕이 즉위하기 직전, 10억에 불과했던 그의 부촌 지역 아파트 역시 현재 매매가가 20억에 육박하게 되었는데, 평소 성정이 불같기로 소문난 그의 입에서 불똥이 일며 화염이 쏟아져 나왔다.

"저자를 당장 기본 주택에 처넣어, 우리와 같은 부를 영원히 누리지 못하게 하라!"

포박된 선비가 형조의 관아로 압송되던 날, 선비의 답안에 대한 보고를 받은 형조판서는 격앙된 목소리로 앙칼지게 외쳤다.

　"소설 쓰시네!"

　형조판서 역시 한양의 요지에 아파트와 오피스텔을 심어둔 다주택자였는데, 그의 아파트 역시 왕이 즉위한 이래, 약 6억의 시세 차익이 발생했다. 그러나 왕권에 버금가는 권력을 가진 그에게, 어떤 대신도 감히 집값을 이유로 토를 달지 못했다.

　관가에는 호조판서가 크게 다쳤다는 소문이 돌았다. 어두운 대궐 안길을 급히 내달리다가 토사물을 밟고 미끄러졌는데, 어찌나 오지게 넘어졌는지 창자가 다 튀어나왔노라고 내관들이 전했다. 나중에 밝혀진 바로는, 튀어나온 것은 그의 창자가 아니라 돈 꾸러미가 담긴 복대였고, 그 안에는 세입자에게 갖다 바칠 뒷돈이 담겨 있었다고 누군가가 전했다.

　선비는 다시 전옥서에 감금됐다. 창살 너머로 취객들의 목소리가 들려왔다.

　"우리 전하는 참 영명하신 분일세. 적폐 청산에, 친일 척결에, 남북 평화에, 아 못하는 게 없지 않으신가?!"

　누군가가 되물었다.

　"실직하더니 취했나 보구먼. 그런데 자네, 전세는 구했는가?"

　"아니, 못 구했네."

　민촌의 개들이 다시 컹컹 짖어댔고 취객의 목소리는 이내 묻혀 들리지 않았다. 선비는 눈을 감았으나 좀처럼 잠이 들진 못했다.

형조실록

　형조 참판의 발도拔刀는 날래고 가벼웠다. 부동시不同視에도 불구하고, 그의 눈은 좌우를 동시에 훑어 파고드는 포착점을 명확히 했다. 표적의 빈 곳을 사선으로 빗겨 들어갈 때, 그는 앞발을 땅에 깊이 박았고 뒷발을 급히 끌어 뒷심을 조였다. 아래에서 위로 휘몰아치듯 걷어 올려 일시에 적의 상단을 베어냈고 반원을 그리며 돌아 나올 때, 그의 호패가 휘날려 아찔했다.

　그가 정랑에 머무르던 봄, 왕이 왕을 폐했고 대신들은 낮게 엎드렸다. 겨우내 덮여 있던 눈이 녹아 사라졌고 관아의 돌담 아래, 대궐의 주춧돌 아래, 정체 모를 검붉은 꽃들이 피어나 관가에 흉흉한 소문이 돌았다. 누군가는 이미 있던 것들이 드러났다고 했고, 누군가는 본래 없던 것들이 심어졌다고도 했다. 조정의 대신들은 한데 모여 머리를 맞대었고 그것들은 곧 적폐라 명명되었다.

　급작스러운 왕권의 교체는 조정 전체에 격랑을 일으켰다. 정랑은 왕이 내린 사인검을 들어 우인을 겨눴고 먼저 비변사에 파견되어 국론 조작 파문에 관여한 형조의 내부자들을 색출해 처단했다. 적시에 들이닥친 그는 양날의 검을 들어 닥치는 대로 찌르고 베어내며 피를 뒤집어썼다. 악귀의 형상으로 변모한 정랑은 기세를 몰아 선왕의 처소로 치달았고 선왕과 그의 구신舊臣들을 함께 끌어내어 처단했다. 선대의 공신들은 땅에 들러붙거나 처마 밑에 들러붙어 제 자취를 감추려 애썼고, 코와 입은 서로를 경계하며 들숨과 날숨을 억눌렀다.

봄은 다가온 듯 멀었고 따스한 듯 시렸다. 의식처럼, 근정전 앞 품계석이 하나둘씩 뽑혀 멀리 내던져졌다. 봄날의 기운은 덥지 않거나 혹은 춥지 않거나 했는데, 정랑의 기세는 이미 죽였거나 혹은 죽이려 하거나 했다. 도성 전체에 검붉은 꽃잎이 흩날렸고 진한 봄 비린내가 코를 찔렀다.

수십이 압송되었고 몇몇은 스스로 몸을 던져 목숨을 끊었다. 중력에 이끌린 육신들이 대지와 흡착해 피와 살을 눌러 붙였고 진물과 함께 흙에 스며들었다. 권력에 이끌린 대신들이 박장대소했고 권력에서 멀어진 대신들은 좌고우면하며 생사의 입지를 논했다.

"나는 사람에 충성하지 않소. 그러니 말하는 것이오."

그의 말이 피바람에 실려 도성 곳곳에 굽이쳐 스몄다. 백성들은 붉게 물든 옷깃을 여몄고 살아남은 대신들은 그의 자질을 논하며 밤마다 옥신각신하다 술잔을 들어 건배했다. 담근 술 위에 핏물이 부옇게 떴는데, 깊이 취한 대신들은 다만 "향이 좋다" 말할 뿐이었다.

여름에, 그는 정랑의 케케묵은 도포를 벗어던졌고 참판의 자리에 올라 어전에 임했다. 왕이 그에게 이르길 "살아 있는 권력일지라도 그대의 뜻을 행함에 두려움이 없도록 하라" 명했는데, 검을 다시 돌려받는 두 손이 떨렸음을 그가 알지 못했고 되돌려준 칼의 날 끝이 자신을 향해 있음을 왕 또한 알지 못했다. 그가 절을 마치고 돌아설 때, 좌인들은 기립해 머리를 조아렸고 우인들은 기진해 다리를 비틀거렸다.

고목 위에 매미가 징징 울며 날개를 비볐고 매미 뒤에 사마귀는 조용히 앞발을 비볐다. 새가 날아들어 부리를 들이밀었는데, 사마귀는 제 뒤에 내려앉은 새를 보지 못해 위태로웠다.

왕을 폐한 왕은 자신 또한 폐해질까 두려워 밤잠을 설쳤다. 정통성의 결핍은 언제나 그랬듯 왕권의 강화로 이어졌고, 태종과 세조 시절의 일을 기억한 왕은 먼저 형조에 눈을 돌렸다.

'비리 앞에 자유로운 자는 어디에도 없다.'

화살에 묶인 서신이 대궐 밖에서 날아들었고 왕은 움직였다. 표면적으로 사법개혁을 내세웠던 왕은 실질적으론 사법기관의 장악을 위해 대신들을 포진했다. 어전을 맴돌며 조정의 촉수 역할을 하던 대신을 판서로 내세워 형조를 장악하려 했는데, 도리어 그것이 큰 화가 되어 되돌아왔다.

이른바 '개천론'으로 민심을 다독여온 명망의 대신이 정작 온갖 비리를 일삼아 알량한 제 자식을 이무기로 키워내려 한 사실이 만천하에 알려진 것이다. 분노한 민심이 대장간의 쇳물처럼 절절 끓었고 곳곳에 벌건 불똥이 일어 넘실대는 듯했다. 왕은 침묵했고 대신들이 입을 대신했다.

어명을 받아 형조 관아에 제 명판을 거치하러 온 판서를 막아선 것은 다름 아닌 참판이었다. 판서의 졸개들이 명판을 앞세워 관아에 들어섰는데, 귀신의 몰골로 버티고 선 참판을 보고는 거미 새끼 풍기듯 흩어져 줄행랑을 쳤다. 명판이 내동댕이쳐졌고 판서는 추락한 그의 이름과 관직을 주우려 맨손으로 땅바닥을 헤집었다.

판서는 허탈한 눈을 들어 참판을 올려보았다.

"이보게 참판."

검집을 이탈한 참판의 검은 이미 허공을 가르며 내리고 있었다. 명판이 두 조각으로 나뉘어 쪼개졌다. 그 뒤에 판서의 황망한 눈이 참판을 응시하고 있었다. 두 눈 사이로 검붉은 피가 흘러내렸고 이내 분수처럼 터져 나와 사방에 흩뿌려졌다. 검붉은 꽃잎이 활짝 피었고 판서의 몸은 거대한 적폐의 형상으로 만개했다. 피바람이 일렁이며 적폐를 지양했던 적폐의 죽음을 실어 날랐다.

"형조 참판이 검을 거꾸로 쥐었소. 이것은 명백한 역모이자 반역이오."

참판이 검을 들어 판서를 베어낸 사실을 만연한 피바람이 전했다. 좌인들은 경기를 일으키고 발광을 하며 사방팔방 날뛰었다. 처마 밑에 빌붙어 숨만 내쉬던 우인들이 가까스로 내려와 흘린 호패를 찾아 겨우 손에 들었다. 권력에 빌붙었던 대신들이 자리를 바꿔 마루 밑에 빌붙었고 처마 밑에 기어올라 빌붙었다. 검을 거꾸로 쥔 건 참판이었는데 뒤집힌 건 온 세상이었다.

형조 관아에 느닷없이 엿이 쇄도해 날아들었고 참판이 말하길 "나는 호박엿을 좋아하거늘 웬 생강엿이더냐"라고 했다. 엿을 입에 물고 혀를 놀려 녹여대며 참판은 생각했다. 대궐에서 우러 나오는 썩은 내를 생각했고 조정에 우글거리는 썩은 것들을 생각했다. 밝은 어둠들을 생각했고 부패한 것들의 향기로움을 생각했다. 살아 날뛰는 죽어야 할 것들이 떠올라 참판은 잠시 눈을 감았다. 생강엿은 쓰면서 달았고 뱉어지는 듯하면서도 입안에 머물렀다.

참판은 몸을 일으켜 퇴청 마루에 섰다. 검집에 손을 뻗어 식은 쇳덩이를 쥐어 덥혔다. 검을 들어 날을 쓸고 피 고랑에 눌어붙은 적들의 찌꺼기를 살폈다. 칼날에는 참판의 눈이 비쳐 새파랬다. 참판은 관원을 호출했다.

"가야 할 길을 가고자 한다. 검을 갈아 오너라."

고목 위에 새는 결국 사마귀를 물어 부리에 꽂았고 사마귀의 앞발에는 매미가 매달려 처량했다. 그러나 새는 새총을 들어 자신을 겨누는 작은 아이를 끝내 알아채지 못했다.

———

한 해가 지났다. 가을의 아이는 새총을 들어 나무 위 새를 노렸다. 매미를 낚아챈 사마귀가 새의 부리에 꽂혀 버둥댔고 아이는 깔깔대며 웃었다. 선비는 너른 바위 위에 앉아 벼루와 먹을 풀었다. 선비의 입은 아교로 칠해 봉해져 있었는데, 붓이 그의 혀를 대신했다.

당랑규선螳螂窺蟬이라,
매미 뒤의 사마귀는 앞발을 세우고
사마귀 뒤의 새는 부리를 벌려 날갯짓하네.
나무 아래 새총 든 아이는 맑게 웃으나
뒤꿈치에 닿은 탁한 도랑을 알지 못해 가여우니…

새를 노려보며 뒷걸음치던 아이는 도랑에 빠져 허우적댔다. 흠뻑 젖은 아이가 울며 달려왔고 선비는 아이를 안아 몸을 덥혔다. 옷을 갈아입은 아이는 노곤해져 곧 잠이 들었다.

행상을 도는 장꾼이 다가왔고 그가 도성의 소식을 전했다. 왕이 결국 형조를 장악했고 조정의 꼭두각시에 불과한 형조판서는 지휘권을 남용해 참판의 사인검을 빼앗아 그를 무력화했다고 귀

띔했다. 장꾼을 보낸 선비는 다시 붓을 들어 써내렸다.

> 사랑하는 마음들이 가장 멀었듯,
> 미워하는 마음들이 가장 가깝구나.
> 죽고 죽이는 것들이 지척에 있었다.
> 살며 살려내는 것들은 어디에 있는가.

아이가 코를 골기 시작할 무렵이었다. 숲길 너머 한 사내가 다가왔다. 당당한 체구의 사내는 이마가 넓었고 눈이 형형했다. 입은 다부졌고 꼬리가 아래로 늘어져 무거웠다. 그가 말했다.

"길을 잃은 검사劍士에 불과하다. 길을 묻고자 한다."

선비는 사내를 훑었다. 검사라는 자의 허리춤에 검이 없어 의아했다. 너절한 행색에 신분을 가늠하지 못했는데, 사내의 호패가 눈에 띄었다. 이 자가 여길 왜… 선비는 붓을 들어 뜻을 전했다.

> 검사는 검劍을 잃어 정처 없고
> 정치는 정正(올바름)을 잃어 비정하니
> 공정은 공을 잃어 빌 공空이다.
> 민주는 민民을 잃어 스스로가 주인이고
> 판서는 한낱 왕의 졸개로 전락하니
> 법치는 수치가 되었음에 참판은 슬피 우는도다.

사내는 선비의 글을 보고 나서야 그가 누군지 알아냈다. "왕은 북병에 걸렸소이다"를 외치던 국청의 서생이었다. 이 자가 여길 왜… 손을 뻗어 허리춤을 더듬은 사내는 검이 없어 민망했다.

'과연 듣던 대로 조롱과 비난에는 도가 튼 자로구나. 입을 봉할 것이 아니라 찢었어야 했거늘.'

사내는 글에 답했다.

이런 것은 저런 것을 베라 하고
이쪽 것은 저쪽 것을 베라 하니 참람하다.
눈먼 검을 들어 칠흑을 베어내니 피는 더운데,
흐드러진 건 적폐의 꽃잎이 아닌 용의 비늘이었네.

서늘한 바람이 몰아쳤고 선비의 머리칼이 휘날렸다. 아이가 별 안간 뒤척이기 시작했다. 선비는 면상을 굳혔다. 등을 두드리며 쉬이 입바람 소리를 내자 아이는 다시 코를 골기 시작했다. 사내 가 빙긋 웃으며 말했다.

"아이가 참으로 예쁘오."

"내 것이니 예쁜 것이오. 내 것이 아니라면 미운 도적놈에 불과 하외다."

"나 또한 그렇소. 내 것이 가장 예쁘더이다. 누군들 안 그렇겠소."

더는 볼 일이 없는 듯, 사내는 행랑을 다시 지고 걸음을 옮겼다. 선비는 다급하게 몸을 일으켜 사내를 막아선 채 급히 휘갈겼다.

"어디로 가려는 것이오?"

사내는 말없이 선비를 스쳐 지났다. 그 또한 제 갈 길을 모르는 듯해 선비는 글을 더하지 않았다. 사내가 스칠 때 온갖 비린내가 같이 스쳤다. 쇠 비린내, 피비린내, 봄 비린내, 수컷의 비린내. 선비는 아이의 뒷머리에 코를 박아 숨을 들이켰다. 덜 자란 풀 내음이 코를 타고 들어와 시큼했다.

"내 것이 가장 예쁘다 하지 않았소? 내 것을 찾으러 갈 것이오. 사인검을 말이오."

멀찌감치 사내가 답했다. 선비는 답하지 않았다. 말이 닿지 않고 글이 닿지 않는 곳에 이미 그는 가 있었다.

'찾아보시오. 어디에도 없을 것이오.'

선비는 마음속에서 글을 찢어 버렸다.

———

선비는 집을 나와 숲길을 걸었다. 소곤소곤 다가왔던 저편의 말들이 바람결에 실려 귓가를 맴돌았다. 조곤조곤 내뱉은 나의 지독한 말들은 어디로 흘러 들어갔을까. 선비는 눈을 닫고 코를 열었다. 가을의 내음은 축축한 옛것들의 역습이었다. 그는 어떤 이의 말을 기억했다. 붓에 힘이 과하면 붓끝이 상한다는 그의 말에 등불 아래 숨어들었던 필부의 긴 밤을 떠올렸다.

또 다른 어떤 이의 말을 기억했다. 그대의 붓은 큰 칼과 같거늘 휘두르지 않고 무얼 하느냐는 호통에, 선비는 무얼 해야 할지 몰라 되물으려 안달했다. 상수리나무 군락에 이르러, 어느 시인의 말이 떠올라 잠시 쉬었다. 태풍이 오던 날, 그는 흔들리는 나무에게서 무수한 물음을 들었다고 말했다. 시인에게 의문을 전한 숲에서, 선비는 답을 찾아 헤매었다. 선비에게 숲은, 의문이 아닌 외침의 군락처럼 느껴졌다. 생각의 덧없음에 선비는 몸을 일으켜 세웠다. 검을 찾아 낙엽을 헤치며 전진하던 참판의 넓은 등이 떠올랐다.

영웅이라 하였는가. 선비는 고개를 가로저었다. 인은 인의를 앞서지 않는다. 그는 명확한 뜻조차 밝히지 않았다. 다만 선비는 알 수 있었다. 그가 찾고자 하는 것은 잃어버린 검이 아닌 스스로가 던진 의문에 대한 답이었을 것이다.

숨을 들이마신 선비는 지필묵을 펼쳐 바람을 일으켰다. 세상의 모든 붓이 휘었으니 나는 붓을 꺾지 않을 것이다. 일필휘지하리라. 선비는 붓을 고쳐 잡았다.

조각세상

불어온 바람에, 그는 가만히 앉아 귀를 열었다. 고을을 휩쓴 늦가을의 바람이 백성들의 한숨 찌꺼기를 실어 날랐고, 우글거리는 통탄의 세포들이 북서풍을 타고 숲을 향해 넘실댔다. 한 줄기 바람 안에, 집을 잃고 거리에 내쳐진 민초들의 아우성이 담겨 있는 듯해 선비는 귀를 기울였다. 다시 불어온 바람에, 왕의 부재와 조정의 난기류에 휩쓸려 갈팡질팡하는 대신들의 망언이 실려 와 선비는 슬펐다.

목적을 잃은 사법 개혁과 목전에 다가온 사법기관의 장악은 표리부동한 조정 대신들의 입을 거쳐 아름다운 노랫말로 둔갑했고, 을, 를, 이, 가로 이어지는 간사한 말들이 들려와 선비는 분노했다.

짙게 내려앉은 바람이 능선 위로 몰려가 이내 흩어졌고 아지랑이가 걷힌 자리에는 독버섯들이 자라나 포자를 뿜어댔다. 흩뿌려진 포자는 이쪽저쪽을 넘나들며 지독한 말들의 씨앗을 뿌렸다. 이쪽과 저쪽의 말들은 모두 맞는 듯했고 때론 모두 틀린 듯했는데, 고단한 백성들의 목소리는 한결같아 처량했다. 눅눅한 울음이 배었고 절절한 물음이 배어 가을바람은 서늘했다. 그러나 곧 시린 겨울이 다가올 것임은 아는 자만이 아는 것이었다.

'스쳐 지나길 바랄 뿐이다.'

선비는 몸을 일으켜 낙엽을 털어내었다.

겨울에, 백성과 백성은 서로를 죽였다. 남편이 아내를 찔러 죽였고, 스스로 몸을 던졌다. 부모가 자식을 가두어 죽였고, 자식은 부모의 목을 졸라 죽였다. 아이가 아이를 윤간했고, 끌고 가 때려 죽였다. 어른이 아이를 강간했고, 아이의 속을 헤집었다. 아이는 아이라서 면죄부를 받았고, 어른은 취했다 하여 면죄부를 받았다. 술에 취한 자의 우마차에 아이가 깔려 죽었고, 조각난 시신을 어미가 울며 주워 모았다. 관원들이 말하길, 고인 피가 곧 얼어붙을 것이라 했다. 미처 거두지 못한 아이의 시신 위로 비질이 오갔고, 피는 물이 아니라며 울부짖던 어미는 핏물 위에 드러누워 혼절했다.

먼저 묻힌 이들의 봉분을 밟으며 상여꾼은 장지로 향했다. 곡성을 따르던 발자국들이 떼가 앉지 못한 무덤 위에 깊이 박혔다. 깨어지고 부서지고 잘려 나간 시신들이 줄을 지어 나갔고, 무너진 봉분은 결국 관을 드러낸 채 평토되었다.

아랫것들에게 법은 멀어서 닿지 않는 허상과 같았고, 위엣 것들에게 법은 가까이 손에 닿는 이상과 같았다. 아랫것들의 세상에서 법은 존재와 부재를 오갔고, 위엣 것들의 세상에서 법은 개혁과 장악을 오갔는데, 정의와 상식이 무너진 건 매한가지여서 무참했다.

왕의 부재는 가여웠고 정쟁의 태세는 가팔랐다. 온 나라를 뒤집은 개혁의 논쟁이 참람해, 백성은 흙 묻은 손으로 눈과 귀를 막았다. 민생이 아닌 정쟁의 도구로 전락한 법치는 정신이 아닌 사물로써 자리매김했고, 정쟁에서 승리한 자들의 전리품으로 변모했다. 무너진 세상에서, 잿빛 거리에서, 붉은 산과 들에서, 백성은 백성의 몸에 칼을 깊이 박았고 대신은 대신의 입에 재갈을 물려 발설을 억눌렀다.

달과 별이 합쳐 부서졌고 조각난 나라 위에 파편이 내렸다. 밤에, 부서진 관 모서리로 조각난 아이의 혼백이 기어 나왔다. 까르륵 웃던 아이는 흩어진 제 팔다리를 찾아 술래잡기를 했다. 인왕산의 들개가 짖었고, 북악산의 들개가 마주 짖었다.

밤에도, 백성은 백성을 죽였다. 금전이 오갔고 면죄부가 오갔다. 다시 상여가 오갔다. 그러나 나간 시신은 다시 오지 않았다.

시신이 나간 성문으로 참판이 들어섰다. 이른 새벽에 교대를

마친 군졸은 귀신을 본 듯, 제 손발을 저어가며 횡설수설했다. 순찰 기병이 즉각 그의 출현을 보고했다. 검을 찾는 그의 물음이 함께 보고서에 올랐고 형조판서는 격노했다.

관아의 문을 박차고 형조의 기발이 뛰쳐나왔다. 박차를 가한 말은 좌로 기수를 틀었고, 중추부와 삼군부를 지나 광화문에 닿았다. 기발은 어문을 치고 들어가 강녕전으로 기동했다. 회랑을 오가던 궁녀들이 기겁하며 물러섰고 각 문 아래의 금군이 놀라 자빠져 흩어졌다. 강녕전에서, 어전에 임한 기발은 잠시 대기했다.

동이 텄고, 일출의 끄트머리가 아른댔다. 참판이 육조거리 위에 섰고, 나찰은 이글댔다. 울던 아이가 울음을 그쳤고, 높이 날던 새가 대신 울었다. 짖던 개들이 짖음을 멈췄고, 땅을 기며 낑낑댔다. 마른 장작이 쪼개지듯, 메마른 민심이 좌우로 갈라섰다. 좌선의 군중 사이에서 조롱과 야유가 쏟아져 나왔고, 우선의 군중 사이에서 격려와 찬사가 쏟아져 나왔다. 말들과 말들이 뒤섞여 둔탁해진 언어들이 파열음을 내었고, 정신과 정신이 뒤섞여 일그러진 결의 단면들이 파장을 그렸다.

역순으로 회귀한 기발이 다시 관아에 닿았다. 기발은 품에 안은 사령장을 판서에게 전했다. 펼친 사령장은 비어 있었다. '무언령無言令'에 감복한 판서는 왕의 문서에 낮게 엎드려 절했다.

북이 울렸다.

180개의 기치를 휘날리며 좌인들이 쏟아져 나왔다. 103개의 기치를 휘날리며 우인들이 쏟아져 나왔다.

180개의 철릭이 나부끼며 개혁이라 외쳤고, 103개의 철릭이 나부끼며 장악이라 받아쳤다.

180개의 칼이 일시에 뽑혔고, 칼날이 비명을 질렀다. 103개의 칼이 일시에 뽑혔고, 칼날이 울었다.

180개의 살의가 공세로 뻗어 나갔고, 103개의 결의가 모여 저지선을 구축했다.

180개의 칼날이 구령에 맞춰 전진했다. 이념과 정신의 구령은 웅장했고 지축을 흔들었다. 103개의 칼날이 구령에 맞춰 방어진을 형성했다. 수세와 열세에 놓인 구령은 처절했고 하늘이 흔들렸다.

눈이 내렸다. 얼어붙은 오천만의 삶이 혼을 뿌렸다. 비틀어 짜내린 세상의 액즙들이 얼고 엉겨 붙어 내렸다. 아비의 홍건한 앞섬이, 어미의 홍건한 소맷자락이 내렸다. 노인의 눈썹이 휘날렸고 아이의 솜털이 춤을 췄다.

칼이 내렸다. 내린 칼날에 눈송이가 베어져 흩어졌다. 180개의 칼날이 103개의 뼈에 닿았고 부러져 튕겨 나갔다. 피가 솟아 울컥거렸고 벤 자와 베인 자의 몸에 함께 튀었다. 반원을 그린 은빛의 날이 붉게 물들어 환집했다.

"강철의 무지개인가? 아름답다."

판서가 입을 벌려 말했다. 벌린 입으로 아이의 혼백이 흘러나왔다. 조각난 아이는 몸통으로 바삐 기었다. 흐드러진 시신들의 팔다리를 집어 제 몸에 갖다 대었고, 제 것이 아니라며 아이는 엉엉 울었다. 고인 핏물 속에서, 윤간당한 아이가 기어 나와 어미를 찾아 헤매었고 맞아 죽은 아이가 기어 나와 아비를 찾아 헤매었다.

"산산조각이 나면, 산산조각으로 살아갈 수 있지."

부처의 세상에서, 인간의 조각은 각자의 도생이었고 인간의 세상에서, 인간의 조각은 서로의 살생이었다. 죽고 죽이는 인간들의 세상에서 부처는 보이지 않았고 부처를 내세운 인간의 말들이 허공을 횡행했다.

103개의 조각난 시신을 밟으며 판서는 걸었다. 판서는 참판 앞에 섰다. 판서가 말했다.

"모든 것을 바쳤다. 그럼에도 아직 조각으로 남아 있다. 산산조각이 나더라도, 공명정대한 세상을 향한 꿈이었다."

참판이 답했다.

"썩어 빠진 세상일지라도, 하나 됨이 아름답소."

제각각의 팔다리를 이어붙인 아이가 몸을 일으켜 세웠다. 딛고 선 왼발 옆에 허공에 뜬 오른발이 나풀댔다. 서로 다른 왼팔과 오른팔로 아이는 두 눈을 가렸다.

꼭꼭 숨어라 머리카락 보인다.

꼭꼭 숨어라 머리카락 보인다.

까르륵 웃던 아이는 다시 술래가 되었는지, 어느샌가 사라져 보이지 않았다. 호패를 집어던진 판서가 깔깔대고 웃었다. 참판은 두 손으로 눈을 집어 뭉쳤고 한 움큼 베어 물었다. 차갑게 식힌 말들이 목구멍을 타고 넘었다. 텅 빈 육조거리 위에, 피가 고여 찰랑거렸다.

밤새 기온이 하강했다. 피는 얼지 않고 길게 머물렀다.

———

선비는 피맛길을 따라 발길을 옮겼다. 배복을 피한 백성들이 운종가로 흘러들었고 끼니에 맞춰 국밥집을 찾아 모여들었다. 소의 잡뼈를 우려낸 국물이 뽀얗게 일었고 뜨끈한 김을 쏟아내며 사발에 담겼다. 토렴한 밥알 위에 우설수육이 모로 누워 몸을 덥혔고 어슷하게 썰어낸 겨울의 대파가 같이 누워 향을 더했다.

소의 형상을 한 백성들이 소반 앞에 모여 앉았다. 쟁기를 끌던 수소가 흙먼지를 뒤집어쓴 채, 젖이 빨려 기력이 쇠한 암소의 국그릇에 소금을 풀었다. 둘러앉은 소들이 소의 혀를 잘근잘근 씹어댔고 우매한 혀를 놀려 사람의 말들을 쏟아냈다.

우적우적 밥알을 씹으며 정의를 말했고, 으석으석 깍두기를 베며 정의를 말했다. 꿀렁꿀렁 국물을 마시며 정의를 말했고, 우우하며 울다가 이내 아아 하고 웃었다.

'정의라. 어느 세상의 정의를 말하는 것이냐. 이쪽이냐, 저쪽이냐. 아랫것이냐, 위엣 것이냐.'

취한 선비는 문을 열고 나와 거리에 섰다. 달과 별이 사그라진 길 위에, 선비는 아이를 보았다. 제각각의 팔다리를 가진 아이를 보았고, 옷이 벗겨진 채 하혈하는 아이를 보았다. 두 눈이 부어올라 앞을 보지 못하는 아이를 보았고, 입이 부서져 말을 하지 못하는 아이를 보았다.

꼭꼭 숨어라 머리카락 보인다.

꼭꼭 숨어라 머리카락 보인다.

쏟아져 나온 아이들이 선비의 옷자락을 잡아끌었다.

아이야. 아이야.

내가 저리 숨을게. 너희가 나를 찾아보렴.

선비는 훤히 보이는 곳에 숨어들었다. 아이들이 휘청이며 다가왔다. 선비는 손을 내밀었다. 아이들은 사라져 보이지 않았다.

다시, 술 취한 자의 우마차가 육조거리를 질주했다.

선비는 눈을 감았다.

월하백서

임금은 자주 깼다. 헛것에 시달려서도 깼고 헛말에 귀를 기울이다가도 깼다. 울면서도 깼고 때론 웃으면서도 깼는데, 그때마다 임금은 선왕의 시호를 부르며 허공을 응시하곤 했다. 임금의 눈은 보이는 것과 그렇지 않은 것을 명확히 구분하지 못하고 있었다. 임금은 침소를 자주 비웠다.

"달무리가 지면 곧 비가 내린다고 했다. 그것은 백성의 말이더냐, 사직의 말이더냐?"

달을 바라보던 임금이 비스듬히 앉아 물었을 때, 남아 있던 대신들은 좌중을 살필 뿐 입을 열지 못했다. 침묵에 겨워 누군가가 답했다.

"사직의 말일 것입니다."

"어째서 그런 것이냐?"

"사직의 뜻은 하늘에 닿아 있고 백성의 말은 흙구덩이를 맴돌 뿐이니, 어찌 그렇지 않다고 할 수 있겠습니까? 또한 예컨대, 사

시무 7조

직의 뜻을 빌려 달무리가 지어 날이 맑을 것이라 하오면, 어찌 백성이 그 뜻을 따르지 않을 수 있겠습니까?"

임금이 크게 웃으며 답했다.

"내 생각도 그와 같다. 사직은 공고하다."

대신들은 길게 엎드려 절했다.

———

그해 가을, 상소가 빗발쳤고 임금의 비답을 바라는 말들이 한데 뒤섞여 아우성쳤다. 비는 내리다 그치길 반복했고, 어전은 쇄도하는 말들과 함구하는 대신들로 붕 뜨고 가라앉기를 반복했다. 침전된 어전의 공기에 질식한 사관이 붓을 놓쳐 곤장을 얻어맞았다.

임금은 들었으니 알 것이었다. 그러나 임금은 들은 것을 들었다 하지 않았고 아는 것을 안다고 하지 않았다. 어전은 빈말들에 물들었고 간관은 빈말이 될 말들을 풀어내기 바빴다.

…상께서 전교하신바, 한양의 집값이 두려움을 알지 못하고 치솟았으니 마땅히 계책을 논의하라 하셨습니다. 하여 호조와 색원들은 합심하여 두루 살피었고 이치에 맞는 셈법과 세율을 시행하였으나, 작금에 이르러는 한양 일대는 물론 각 지방 고을의 모든 집값이 아울러 치솟았으니 백성의 원망이 이만저만이 아닙니다. 이에 관아와 향리가…

…또한 백성 간의 품삯은 제 일터의 규모나 일꾼을 부리는 자의 형편에 맞춰 적절히 그 노임을 증감해왔으나, 사직의 뜻을 빌려 백성들 간의 금전에 관한 출납에 일일이 나라가 끼어들고 일약 품삯을 추켜올렸으니 가업은 깨어지고 백성은 도리어 일터 밖으로 내몰리게 된 것이어서…

…비답을 내려주심이 마땅한 줄 아오나…

…통촉하여 주시옵소서…"

임금은 끝내 답을 하지 않았다. 상소가 한데 모여 소각됐다. 불이 놓이자 연기가 치솟았고 백성의 말은 백관의 말과 함께 재가 되어 흩어졌다. 대신들의 홀笏은 비어 있었다.

선비는 정서진에 있었다. 그는 바다로 이어진 강줄기를 따라 걸었다. 날이 저물자 강어귀의 물살은 빠르게 잦아들고 있었다. 간조 시간이어서, 강을 품은 바다는 미끄러지듯 해안에서 물러났다. 달이 수면 위로 떠올라 빛을 뿌렸다. 빛을 머금은 물결이 넘실대며 타올랐고 선비는 그 너머 짙게 깔린 어둠을 보았다. 그는 문득 저 수면이, 베어진 세상의 단면같이 느껴져 잠시 걸음을 멈추었다.

'달이 세상을 베었구나. 하늘과 바다의 접점으로 임금의 칼이 스몄구나. 일직선을 그어 중단을 베었구나. 수면 아래 물고기가 치솟아 새가 되어 나는 세상이, 새가 곤두박질쳐 물고기가 되는 세상이 되었구나. 간조가 되었다. 바다는 물러서고 있다. 어찌 된 일인가.'

선비는 물끄러미 수면을 응시했다. 물살이 와류에 비틀려 일그러졌다. 섞인 것들이 부둥켜안고 속에서 울었다. 달을 깨트리고 팔뚝만 한 물고기가 수면 위로 뛰어올랐다. 한 어부가 때마침 그를 향해 걸어오고 있었다. 선비가 물고기에 관해 묻자 그가 답했다.

"저것은 농어요. 강에도 살고 바다에도 사는 것이 저놈이오. 삶은 어디에도 있는 것이오."

그것은 백성의 말이었다. 삶은 강과 바다를 넘나들 것이었다. 삶은 이쪽에도 있고 저쪽에도 있을 것이었다. 제각기 파고들어 버둥대다 도처에 스며 뿌리내릴 것이었다. 선비의 마음속에 파도가 일었다. 뒤섞인 물살이 빠각빠각 울었다. 선비는 한동안 거기 있었다.

―――――

겨울의 말들은 시리고 아픈 것들이어서, 희뿌연 김을 타고 허공에 흩날릴 뿐이었다. 임금의 실정에 반기를 든 무리는 조정 내에 촘촘히 박혀 있지 않아서, 더욱이 그해 조정의 좌인은 우인을 압도해서, 그로 말미암아 이 나라가 투전판이 되었고 개판이 되었으며 살얼음판이 되었다고 민초들은 습기를 쏟아내며 쑥덕였다.

임금의 말은 장황하고 무력했다. 여염에 닿지 않은 임금의 말은 헛것이나 다름없었다. 임금의 말은 사직에 닿아 있었다.

…패려한 무리가 국운을 갉고 간악한 자들이 백성의 고혈을 짜내리니 이들을 처단하지 않고서 백년대계를 논할 수 없거니와 나라의 앞날을 감히 내다볼 수 없음은 종묘의 사직 앞에 명확하다. 패악이 침윤하여 요를 적시고 패권이 범람하여 베개 위를 넘나드니 어찌 깊은 잠이 들겠는가. 나는 선왕의 깨어지고 흩어진 육신을 덮고 벤다. 그대들은 어떠한가…

…형조의 권한이 실로 막강하여 저 스스로 주체하지 못할 지경에 이르렀으니, 아아 나는 기억하도다. 승하하신 선왕께서 탄식하기를, 형조의 개혁을 이루지 못함이 한스럽다 하였다. 거듭 말해 무엇하랴. 나는 선왕의 의기를 따를 뿐이다…

대신들은 섬기는 자가 임금인지 선왕인지 몰라 시름했다.

국청에서는 어전을 능욕한 죄를 물어 죄인이 형틀에 묶였다. 그가 말하길, 죽은 것들이 살아서 종묘의 담벼락 밑을 기어 나왔고 산 것이 죽은 것에 홀려 조정에 가닿았으니, 곧 온 세상에 죽음이 내릴 것인즉슨 역병의 창궐이 그러한 까닭이며 고을의 목수는 입을 싸매고 제 관을 짜다가 곧 죽어 스스로 몸을 뉘일 것이라고 했다. 주장을 든 형리가 죄인의 무릎을 조여 으깨었다. 그는 눈을 까뒤집고 혼자 중얼대다 혼절했다. 밤새 눈이 내렸다.

선왕의 혼백을 보았다는 자들이 속출한 건 그때쯤이었다. 백악산 자락에서 그를 보았다는 자는, 설산을 거닐던 선왕의 뒤로 발자국이 남지 않았다며 떨며 말했다. 육조 앞에서 그를 보았다는 자는, 극명하게 갈린 좌인과 우인 앞에 선왕이 크게 노했다고도 했다. 민촌에서 그를 보았다는 자는 일터를 잃고, 집을 잃고 내쳐진 백성 앞에 선왕이 슬피 울었다고도 했다. 그가 몸을 던진 고을에서도, 그가 나고 자란 남녘 바닷가 마을에서도, 선왕의 혼백을 접했다는 백성의 소식이 들려왔다. 그는 어디에도 있는 듯했다.

　　눈발을 뚫고 당도한 기발이 선왕의 출몰을 임금 앞에 고했다. 장계를 받아든 임금이 곧 말했다. 선왕은 되살아나서는 안 될 것이라 임금은 말했다. 살아서 묻힐 수 없는 수많은 것들이 있었고, 죽어야 묻힐 수 있는 수많은 것들이 있었다고 말했다. 또한 선왕의 죽음은 비나 눈처럼 자연스러운 것이어서, 내려야 할 게 내리듯 그의 육신이 내린 것이라고도 말했다. 선왕의 세상에서 삶과 죽음은 다르지 않았을진대, 임금의 세상에서 삶과 죽음은, 사람과 사직은, 강과 바다는 같지 않아 겉돌며 헤매고 있었다.

　　선비는 숲에 들었다. 밤새 내린 눈에 해송이 무겁게 내려앉아 있었다. 메마른 가지가 적설의 무게를 버티다 못해 무너져 내렸다. 흩어 일어난 눈보라 사이로 한 토막 무지개가 서렸다. 눈 덮인 한림은 그에게 무참한 백지와 같았고, 선비는 서릿발치는 문장들이 가여워 몸을 움츠렸다.

숲에서 벗어난 그는 해송 길을 따라 바닷가로 나갔다. 해풍이 밀려 들어와 바다에 빌붙어 버려진 것들의 말들을 대신 전해주었다. 물 아래 것들과 물 위의 것들의 말은 다르지 않아 놀라웠다. 삶과 겨울의 애환은 물고기의 비늘에도 녹아 있었고 새의 깃털에도 녹아 있었다. 포구에 묶인 어선 한 척이 노를 흔들며 끽끽 울었다. 한 사내가 마침 거기 있었다. 정서진의 어부였다. 삶은 어디에도 있다던 그의 말을 선비는 기억하고 있었다.

선비는 그를 향해 발걸음을 옮겼다. 재차 말을 걸어볼 요량이었던 것이다. 그날 밤, 그의 얼굴을 찬찬히 살펴보지 못한 게 선비는 내심 마음이 쓰였던 것이다.

다시, 눈보라가 일었다. 긍지를 잃은 세찬 말들이 휘몰아쳤다. 그는 다시 고개를 들었다. 어부는 그곳에 있지 않았다. 선비는 그가 사라진 저편을 좇고 있었다. 그의 발자국은 놓여 있지 않았다.

3장

국민청원 상소문

— 폐하, 일신하시옵소서

공자는 논한다.

천자에게 간쟁諫爭하는 신하 일곱이 있으면

비록 무도無道하더라도 천하를 잃지 않으며,

제후에게 간쟁하는 신하 다섯이 있으면

비록 무도하더라도 그 나라를 잃지 않을 것이다.

– 효경孝經 간쟁장諫爭章

시무 7조

기해년 겨울,

타국의 역병이 이 땅에 창궐하였는바,

가솔들의 삶은 참담하기 이루 말할 수 없어

그 이전과 이후를 언감생심 기억할 수 없고

감히 두려워 기약할 수도 없사온데

그것은 응당 소인만의 일은 아닐 것이옵니다.

백성들은 각기 분分하여 입마개로 숨을 틀어막았고

병마가 점령한 저잣거리는 숨을 급히 죽였으며

도성 내 의원과 관원들은 숨을 바삐 쉬었지만

지병이 있는 자, 노약한 자는 숨을 거두었사옵니다.

병마의 사신은

가난한 자와 부유한 자를 가려 찾지 않았사오며

절명한 지아비와 지어미 앞에

가난한 자의 울음과 부유한 자의 울음은 공히 처연했사옵고,

그해 새벽 도성에 내린 눈은

정승댁의 기왓장에도 여염의 초가지붕에도

함께 내려 스산하였습니다.

하오나 폐하,

인간의 본성은 본디 나약하나

이 땅의 백성들은 특히 고난 앞에 결연하였고

인간의 본성은 본디 추악하나

이 땅의 백성들은 특히 역경 앞에 서로 돕고 의지하였나니

아녀자의 치마로 돌을 실어

왜적의 골통을 부순 행주산성이 그러하였고

십시일반 금붙이를 모아

빈사 직전의 나라를 구해낸 경제 위기가 그러했듯

이는 곧 난세의 천운이오,

치세의 근본이 아니고 무엇이겠사옵니까?

이듬해 봄,

폐하의 성은에 힘입어 권토중래한 이 나라 백성들은

저마다 살길을 찾아 짚신 끈을 다시 매었고

민초들의 삶은 다시 용진하였으니

지아비, 지어미는 젖먹이를 맡길 곳을 찾아

집과 집을 오가며 동분서주하였고

서신을 보내어 재택근무에 당하는 등

살길을 찾아 고행하였는바,

고을 안 남루한 주막에서는

백성의 가락국수가 사발에 담겨

남겨진 할미와 손주의 상에 올랐는데

경상의 멸치와 전라의 다시마로 육수를 낸 국물은

아이의 눈처럼 맑았고

할미의 주름처럼 깊었사오며

산파가 다녀간 고을 민가에서는

어미의 산도를 찢어내며 고군분투한 아이가

마침내 탯줄을 끊어 울음을 터트렸고

창자를 저미는 고통에도 초연했던 어미는

아이를 받아 젖을 이어내고 울음을 터트렸사온데

그 울음과 울음의 사이가 가엾고 또한 섬뜩해

소인은 낮게 엎드려 숨죽였사옵니다.

소인이 살펴보건대
백성은 정치 앞에 지리멸렬할 뿐
위태로움 앞에 빈부가 따로 없었고
살고자 함에 남녀노소가 따로 없었으며
끼니 앞에 영호남이 어우러져 향기로웠습니다.

아뢰옵기 황송하오나 폐하,
백성들의 삶이 이이러할진대
조정의 대신들과 관료들은 국회에 모여들어
탁상공론을 거듭하며 말장난을 일삼고

실정의 책임을 폐위된 선황에게 떠밀며
실패한 정책을 그보다 더한 우책으로 덮어
백성들을 우롱하니 그 꼴이 가히 점입가경이라

어느 대신은 집값이
11억이 오른 곳도 허다하거늘

현 시세 11프로가 올랐다는
미친 소리를 지껄이고 있으며

어느 대신은 수도 한양이 천박하니
세종으로 천도해야 한다는

해괴한 말로 백성들의 기세에
찬물을 끼얹고

본직이 법무부 장관인지 국토부 장관인지
아직도 감을 못 잡은 어느 대신은
전 · 월세 시세를 자신이 정하겠다며
여기저기 널뛰기를 하고 칼춤을 추어

미천한 백성들의
애간장을 태우고 있사온데

과연 이 나라를 일으켜 세우려는 자들은
일터에 나앉은 백성들이옵니까,
아니오면 궁궐과 의회에 모여 앉은
대신들이옵니까?

또한 역사를 되짚어 살펴보건대
과연 이 나라를 도탄지고에 빠트렸던 자들은
우매한 백성들이었사옵니까,

아니오면 제 이득에 눈먼 탐관오리들과
무능력한 조정의 대신들이었사옵니까?

하여 경자년 여름,
간신이 쥐 떼처럼 창궐하여 역병과도 같으니
정책은 난무하나 결과는 전무하여 허망하고
실實은 하나이나 설說은 다분하니
민심은 사분오열일진대

조정의 대신들과 관료들은
제 당파와 제 이익만 챙기며 폐하의 눈과 귀를 흐리고
병마와 증세로 핍박받는 백성들의 고통은
날로 극심해지고 있는바,

소인이 피를 토하고 뇌수를 뿌리는 심정으로
시무 7조를 주청해 올리오니 부디 굽어살피시어
조정의 대신들과 관료들은 물론 각지의 군수들을
재촉하시고 이를 주창토록 하시오면

소인은 살아서 더 바랄 것이 없고
죽어서는 각골난망하여
그 은혜를 잊지 않겠사옵니다.

하여 소인 조은산은 넙죽 엎드려
삼가 시무 7조를 고하나니

一. 세금을 감하시옵소서

세금이라는 것이 본디 그 쓰임에 있어
나라의 곳간을 채워 국가 재정을 이어나가고
군대를 키우며 나라의 발전을 도모해
백성들이 삶을 영위해나가도록 하는 것은
지당한 일이오나

이 나라의 조세 제도는
십시일반의 미덕이 아닌
육참골단의 고통으로 전락한 것이
작금의 현실이오며

부유한 것이 죄는 아니거늘 소득의 절반을 빼앗고
부자의 자식이 부자가 되면 안 되니 다시 빼앗고
기업을 운영하니 재벌이라 가두어 빼앗고
다주택자는 적폐이니 집값 안정을 위해 빼앗고
일주택자는 그냥 두기 아쉬우니 공시가를 올려 빼앗고

임대사업자는 토사구팽하여 법을 소급해 빼앗고
한평생 고을을 지킨 노인은 고가 주택에 기거한다 하여 빼앗으니

차라리 개와 소, 말처럼 주인의 사료로 연명할지언정
어느 누가 이 땅에서 기업을 일궈 나라에 이바지하고
어느 누가 출세를 위해 부단히 노력하겠사옵니까?

또한 증세를 통해 나라의 곳간은 채울 수 있을지언정
소비 둔화와 투자 위축 등의 부작용 역시 존재하거늘
이토록 중요한 국가시책을 어찌하여 나라에 널린
학자들의 의견 한 번 여쭙지 않고 강행하시옵니까?

폐하,
조세는 나라의 권한이고
납세는 백성의 책무이나
세율은 민심의 척도이옵니다.

증세로 백성을 핍박한 군왕이
어찌 민심을 얻을 수 있겠사오며
하물며 민심을 잃은 군왕이
어찌 천하를 논하고 대업을 이끌 수 있겠사옵니까?

부디 망가진 조세 제도를 재정비하시고
세금으로 혜택을 받는 자가 아닌,
세금을 납부하는 자가 납득할 수 있도록
세율을 재조정하시어
백성들의 고통을 덜어주시옵소서.

二. 감성보다 이성을 중히 여기시어
정책을 펼치시옵소서

스스로 벌어먹지 않고 노니는 백성이
스스로 벌어 토하듯 세금을 각출한 백성의
피와 땀에 들러붙어 배를 두드리고
나라의 곳간을 갉아 재정적자를 초래하는 것은
감성이오

진정으로 나라의 도움이 필요한 이들에게
곳간을 열고 자비를 베풀어 구휼하며
재정을 알뜰히 하여 부국강병의 초석을 닦는 것은
이성이니

감성이 이성을 앞서면

게으른 백성이 고기를 씹고

병약한 백성이 마른침을 삼키는 것과 같으며

이성이 감성을 앞서면

게으른 백성이 고기를 얻기 위해 화살촉을 갈고

병약한 백성이 죽 한 사발로 기운을 차리어

다시 일터로 나가는 것과 같사옵니다.

또한 기업을 옥죄는 규제와 세금을 완화하고

양질의 일자리를 저절로 토해내게끔 하여

지속 가능한 발전을 꾀하는 것은 이성이오

비정규직 철폐니 경제민주화니

소득주도성장이니 최저임금 인상이니

세상 물정 모르는 것들의 뜬구름 잡는 소리로

기업의 손과 발을 묶어

결국 54조의 혈세를 쏟아붓는 것은 감성에 불과하니

감성이 이성을 앞서면

암탉을 때려잡아 그 고기를 잘게 나누어

굶주린 이들에게 흩뿌려 기름진 넓적다리 살에

아귀다툼을 벌이게 하는 것과 같고

이성이 감성을 앞서면

암탉에게 좋은 먹이를 내어 살을 찌우고

크고 신선한 달걀을 연신 받아내어

백성 모두가 닭 한 마리씩을

먹을 수 있는 것과 같사옵니다.

또한 폐하께옵서 그리 씹어대고 물어뜯던

22조의 4대강 사업이 그 실체라도

자리를 지키고 있는 것은

이성이 감성을 누른 까닭이옵고

마땅히 기업이 해야 할 일을 백성의 혈세로 대신한바

폐하의 54조는 증발하여 그 흔적조차 찾을 수 없는 것은

바로 감성이 이성을 누른 까닭이온데

폐하를 비롯한 대신들과 관료들이 모두

백성들의 감성을 자극해 눈물을 쥐어짜내기 위한

지지율 확보용 감성팔이 정책에만 혈안이 되어있는바,

이러한 조정 정책의 기조 변화 없이

어찌 다가올 160조 신분배 정책을 지지할 수 있으며

어찌 그에 따른 결과를 기대할 수 있겠사옵니까?

폐하,

역사는 군왕의 업적을 논할 뿐

당대의 지지율을 논하지 않사옵니다.

부디 정책을 펼치심에 있어

감성보다는 이성을 중히 여기시고 챙기시어

작금의 지지율로 평가받는 군왕이 아닌

후대의 평가로 역사에 남는 패왕이 되시옵소서.

三. 명분보다 실리를 중히 여기시어
외교에 임하시옵소서

나라의 지정학적 요소와 주변국들의 정세를 간파하지 못하여

한미일이냐 북중러냐 갈피를 잡지 못하고 좌고우면하니

앉은 자리는 가시방석이오 일어서니 키는 제일 작은 것이

작금의 현실이온데

일본과의 외교 마찰로 무역 분쟁을 초래하였으나

이를 외교로 해결하지 않고 정치로 해결하시려

불매운동을 조장하고 양국 관계를 파탄 낸바,

여론은 반전되고 지지율은 얻었으나

결국 동북아 안보의 상징인 지소미아가

흔들리는 지경에 이르렀으니

이것은 명분의 외교이옵고,

중국의 패권주의와 북국 돈왕豚王의 핵 도발의

엄중함을 먼저 고려하시어 한미일 3국의 동맹을

강화하시며 안보의 기틀을 마련하시고

절치부심하여 국력을 키워 극일을 이룬 후에야

비로소 아베의 골통을 쥐어박고 고환을 걷어차

진정한 사과와 보상을 취하는 것은

실리의 외교이옵니다.

또한 일본의 의류업체가 연이어 폐점하고

일본의 자동차 업체가 한국 철수를 선언하며

일본의 기업 또한 한국 기업과 거래를 끊고

심지어 농산물과 수산물까지 수입금지에 처한다니

의류업체 근로자, 매장 근로자, 유통업자, 자동차업체 근로자 영

업사원, 수리기사,

농민, 어민, 수출입 관련 근로자, 항공사, 항공사 근로자, 관광사,

관광사 근로자 등

수많은 백성들의 일자리와 생계가 위태롭게 된 것은

명분이 실리를 앞선 까닭이온데

이는 결국 백성이 다른 백성의

밥그릇을 걷어찬 꼴과 무엇이 다르며

손이 발을 밉다 하여 입을 틀어막아

함께 굶어 죽는 것과 무엇이 다르겠사옵니까?

또한 평화와 화해 따위의 허황된 말로

감성에 목마른 백성들을 현혹시켜

실질적인 핵 폐기는 안중에도 없는

북국의 돈왕과 더불어 성대한 냉면 잔치를 열고

결국 구밀복검한 무리들로부터 토사구팽당하여

백성의 혈세로 지은 연락사무소가 폭파되고

삶은 소대가리라는 치욕마저 당하는 것은

명분의 외교이옵고,

국제적 합의에 따라 대북 제재를 충실히 이행하시고

적극 동참하시어 북국의 돈줄을 막아

서서히 고사시키시며

동시에 한미일 동맹을 굳건히 하여
북국의 돈왕이 스스로 처지를 깨달아
핵 개발을 포기하고 시장을 개방토록 하는 것은
실리의 외교일진대

과연 폐하께옵서는 외교에 임하시오며
명분과 실리 중 무엇을 택하셨사옵니까?

또한 명분과 실리 중 무엇을 얻으신 것이오
북국과 일본과 중국과 미국 중 무엇과 화친하였으며
작금에 이르러 결국 무엇이 남았다는 말이옵니까?

미국의 트럼프는 미치광이지만
자국민의 이익을 확실히 보호했고

중국의 시주석은 공산당의 수령이지만
중국의 시장경제를 대외로 이끌었으며

북국의 돈왕은 독재자이지만
최빈국의 지위를 핵보유국으로 끌어올렸고

일본의 아베는 굴욕외교로 이름났으나

그만큼 실리는 챙긴다는 평이 있으며

러시아의 푸틴이 장기 집권을 꿈꾸는 건
백중 칠십을 넘나드는 지지율이 있기 때문일진대,

폐하께서는 핵도 없고 백성의 삶은 파탄이오
시장경제는 퇴보하였으며 굴욕외교 끝에
실리 또한 챙기지 못하였고 또한
지지율은 절반도 채 되지 않으시면서

어찌 장기 집권을 꿈꾸며
독재자의 길을 걷는
미치광이가 되려 하시는 것이옵니까?

영명하신 폐하,
저들은 폐하의 정치적 신념과
감성의 논리에 귀 기울여줄 만큼
한가로운 자들이 아니옵니다.

시국은 시급하여 촌각을 다투고
늑대와 표범과 호랑이는 굶주려 먹이를
놓고 다투고 있는데 어찌 폐하께옵서는

시무 7조

한가로이 초원의 풀이나 야금야금

뜯어 삼키고 계시는 것이옵니까?

부디 통촉하시어 안목을 넓게 가지시고

정치와 이념을 외교와 따로 다루시어

실리를 위한 외교에 임하시옵소서.

그리하여 북국 돈왕의 핵탄두 아래

백성들을 지켜주시옵고 국토를 보전하시옵소서.

四. 인간의 욕구를 인정하시옵소서

소인이 여염의 촌락을 하릴없이 거닐다

막연히 들린 주막에서는 고을 무뢰배들이

만취해 젓가락을 두들기며 장단을 맞추었고

주막 한 켠 작은 탁자에서 홀로

산낙지를 씹으며 탁주를 들이켜던 한 노인이

그에 맞춰 읊조리니 좌중의 시선이 쏠리며

일순간 적막이 흘렀던바,

그 이야기가 하도 기가 차고 신명이 나

폐하께 아뢰오니 통촉하여 들어주시옵소서.

"반도의 어느 작은 나라에 돼지가 혁명을 일으켜
돼지의 나라를 세웠으니 이를 숯불 공화국이라 칭하였고
연호를 한돈이라 칭하였으니 한돈 사 년 어느 날

돼지의 왕이 몸소 교지를 내려
나라의 모든 돼지들에게 이르길

'과인이 듣기로 작금의 돈륜이 무너질 대로 무너져
축사가 쪼개지고 울타리가 넘어지니
돈권 또한 참담하기 이를 데 없도다.

구유통의 쌀겨가 귀중하기로서니
너희들의 돈격보다 귀중하랴

하여 과인이 이르노니
이 나라의 모든 돼지들은
그 품종과 육질을 막론하고 앞으로
꿀꿀거리는 소리를 금하며 또한
먹는 것을 금하여 돈성을 다스릴 것인바,

시무 7조

이를 어길 시 모두 육절기에 넣고 갈아

소시지와 순대로 만들어 정육점에 효시할 터이니

그리 알고 너희는 마땅히 받들라'고 명하였으니

이에 나라의 모든 돼지가 꿀꿀거리며 아우성일진대

족발에 불똥이 튄 건 다름 아닌 조정의 관돈들인바,

비서실 돼지는 제 목소리가 제일 큰 줄도 모르고

도리어 수석 돼지들에게 꿀꿀거리지 말 것을 종용했으나

이내 제 몫의 구유통이 청주와 반포에 걸쳐

두 개인 것이 발각되었고

국토부 돼지는 별안간 꿰엑 멱따는 소리를 내며

꿀꿀 파시라 꿀꿀 파시라 구유통을 파시라

노래를 부르기 시작했으며

대변돈실 돼지는 흑석동 상가에 몰래 기어 들어가

대부업자에게 빌린 돈으로 뻥튀기를 처먹다 발각돼

족발이 안 보이도록 줄행랑치니,

결국 여섯의 관돈이 한날한시에 사의를 밝히고

축사 담을 넘어 도주하다 말린 꼬랑지가 밟혀

목살을 잡힌 채 대궐로 끌려와 모진 고문을 당했는데
그 광경이 처참하기 이를 데 없어

대폿집이 껍질을 뜯고 족발집이 족을 잘라내며
국밥집이 머릿고기를 삶아내는 고통에
여섯의 관돈들은 이실직고하였으니 이와 같았다더라

'돼지는 꿀꿀거려야 제맛이오
돼지같이 처먹어야 돼지다운 것인데
어찌 폐하께서는 돼지에게
돼지답지 않을 것을 강요하고
돼지의 본능과 욕구를 버리라 하시옵니까?

돼지는 처먹어야 그 삶이 의미가 있는 것이오,
돼지가 돼지다워야 돼지로서 살 수 있는 터인데
애당초 돼지의 본능을 무시한 교지를 내리시니
저희 대신들이 어찌 이를 백성들에게
강요할 것이오 또한 스스로 이를 따르겠나이까?'

라며 돈 지랄을 하고
이구동성으로 꿀꿀대었는데

설상가상으로 성문 밖에 성난 백성 돼지들이
숯불을 들고 모여 꿀꿀거리기 시작하였고
숯불로 흥한 자 숯불로 망하리라 외치며 결국
성문을 깨트리고 왕의 침소를 향해 치닫은바,

금과 은으로 치장하고
비단으로 감싼 침소에는

돼지의 왕 또한 꿀꿀대며
구유통에 머리를 박고 있었고

머리맡에는 '돼지가 먼저다'라는
글귀가 선명했다 하더라."

폐하,
영끌의 귀재, 희대의 승부사,
대출 한도의 파괴자라 불리는 흑석 김○겸 선생이
재개발 상가를 튀기려다 결국 발각되어
언론에 튀겨지고 백성에게 씹히다 결국
신기전과 같이 꽁무니에 불이 붙은 듯 내뺐고

지역구의 배신자, 절세의 교과서,

50분의 기적, 대변인 사냥꾼
이라 불리는 반포 노○민 선생이
대신과 관료들에게 집을 팔라며 호통치다
본인 또한 다주택자인 게 발각되어
결국 지역구인 청주를 버리고 한양의 노른자위
반포를 택해 뭇매를 맞았는데

소인은 큰 엿과 작은 엿을 양손에 쥔 아이에게
무어라 설득해야 작은 엿 대신 큰 엿을 버리게
할지 몰라 한참을 골똘히 생각하였고

또한 양손에 멀쩡히 들고 있는 제 엿을
무슨 이유를 들어 버리게 해야 할지 몰라
더욱 골똘히 생각하였사옵니다.

하오면 폐하,
큰 엿을 버리고 작은 엿을 쥔 아이의
검소함과 청렴함을 칭찬하여
본보기로 삼는 것이 마땅하옵니까?

두 손에 멀쩡히 들고 있던 제 엿을
함부로 버린 것도 모자라 큰 엿을 버리고

작은 엿을 택한 아이의 무지함과 성급함을
나무라는 것이 마땅하옵니까?

그저 백성들을 기만하여 지지율을 확보하고
세금을 긁어모으고자 만천하에 벌인
정치적 놀음에 누가 누구의 발목을 잡는 것이옵니까?

폐하,
臣 김○겸과 노○민은 죄가 없사옵니다.

이는 경제적 이득을 취하고자 하는 인간의
기본적이고 상식적인 욕구를 죄악시하여
폐하, 본인 스스로도 지키기 힘든 것을
아랫것들에게 강요한 폐하 스스로의 잘못이며

이 불쌍한 자들의 죄는 그저
지키지 못하여 깨어질 것을 스스로 알면서도
폐하의 엄포와 성화에 못 이겨
머리와 손과 입이 각기 따로 놀아나
백성들을 농락한 죄밖에 없사옵니다.

말은 말답게 달려야 제맛이오

개는 개답게 짖어야 제맛이고
돼지는 돼지답게 처먹어야 제맛이며
인간은 인간답게 제 이득을 챙기고
주판알을 튕겨 손익을 따지며
경제적 이익을 추구해야 제맛인데

애초에 인간의 욕구에 반하는 정책을 내시고
이를 대신과 관료들에게 막연히 따를 것을 명하니
어찌 백성이 따를 것이오 어느 신하가 제자리를
지킬 수 있겠사옵니까?

폐하,
조정이 우왕좌왕하니
백성 또한 다르지 않사옵니다.

인간을 인간으로 보아야
인간이 보이는 법이거늘
조정의 모든 정책이 인간의 욕구에 반하는
모순덩어리들뿐이옵고 인간의 욕구를
죄악시하여 이를 말살하려는 극단책뿐이온데
어찌 백성들의 동의를 바라고
어찌 그 성과를 바랄 수 있겠사옵니까?

부디 통촉하시어 정책을 전개하심에
인간의 욕구를 받아들이시고 인정하시어
더 이상 이러한 참담한 광경이
백성 앞에 펼쳐지지 않도록 해주시옵소서.

五. 신하를 가려 쓰시옵소서

정세는 역동하여 요란하고
민심은 역류하여 요동치니
나라는 좌우로 갈라졌으며

간신은 역행하여 요사스럽고
충신은 역린되어 요절하니
국법은 깨어져 흩어졌사옵니다.

나라의 위태로움은 풍전등화와 같고
백성의 곤궁함은 이루 말할 수 없어

굽은 목을 겨우 세워 동서남북을 널리 살펴보니
영웅은 깊이 잠들어 몽중이오
현자는 깊이 숨어 은둔하니 보이지 않사옵니다.

견왕犬王은 곰과 범을 부리지 못하고
조왕鳥王은 수리와 매를 부리지 못하니
들끓는 것은 이리요 까마귀 떼뿐이라

소인은 통탄하며 먹을 갈고
신음하며 붓끝을 가지런히 해
삼가 아뢰올 뿐이니 통촉하여 주시옵소서.

폐하,
조정의 대신 열 중 셋은 허황된 꿈을 좇아
국사를 말아먹는 이상주의자요

나머지 일곱 중 셋은 허황된 꿈을 팔아
표 장사를 하는 장사치나 다름없고

나머지 넷 중 셋은 시뻘건 혓바닥을 날름거리며
폐하의 귓구멍을 간지럽히는 아첨꾼이며

나머지 하나는 그저 자리만 차지해
세금만 축내는 무능력한 것이니

폐하, 청하옵건대

한날한시에 조정의 대신들과 관료들을 기립시키시어
폐하의 실정에 대한 의견을 물으시옵소서.

실책과 실정에 대해 일언반구도 없이
백성을 팔아 폐하의 업적을 칭송하며
용비어천가를 목 놓아 부르는 자에게는
진하게 우려낸 사약 한 사발을 내리시어
폐하의 눈과 귀를 흐리고 조정을 농락한 죄를
물어 국법의 지엄함을 널리 알리시고

함구하여 묵묵부답으로 일관하며
좌중의 눈치만 살피는 자에게는
차가운 냉수 한 사발을 내리시어
복지부동하여 세금만 축내는 것을 꾸짖으시며

폐하의 실책과 실정에 대하여
조목조목 따지며 신랄하게 비판하는 자에게는
잘 빚은 술을 한 잔 내리시어 격려하시되

비판과 더불어 해법과 계책을 내놓는 자에게는
한 잔의 술과 함께 영의정의 명패를 하사하시고
조정의 중심이자 폐하의 지기로 삼으시어

폐하의 자비로움과 영명함을 천하에 알리시옵소서.

또한 새 인재를 등용함에 있어
각지의 서생들을 불러 모아

민주와 인권, 자유를 각각 새긴
세 개의 명판을 나눠주시고
한 손에 하나씩만 들 수 있으니
참고하여 이행하라 명하신 후

민주와 인권의 명판을 양손에 든 자는
따로 불러 모아 감옥에 모조리 투옥하시고
또한 일가의 재산을 모두 압류하도록 명하시어
자유를 버린 대가를 치르도록 하시고

자유와 인권의 명판을 양손에 든 자는
폐하의 어수御手를 높이 들어
양 볼 따귀를 힘껏 후려치시고
나의 자유가 너의 인권과 상충하니
누가 이기겠는가, 하문하시어
민주적 절차에 의한 입법과 그로 인한 법치의
귀중함을 일깨워주시옵고

시무 7조

자유와 민주의 명판을 양손에 든 자는
조정의 하급 관리에 임명하시되
사헌부와 포도청 그리고 고을 관아의
대민업무를 도맡아 처리케 하시어
인권의 진정한 뜻을 스스로 깨우치게 하시며

만에 하나
왼손에 자유와 민주 두 개의 명판을 들고
오른손에 인권의 명판을 든 자가 아뢰길

"자유가 없는 민주는 독재와 마찬가지요
민주가 없는 자유는 무법천지와 같은바,
둘은 양분될 수 없고 필히 양립해야 할 것이니
본디 이 둘은 하나인 것과 다름없어 함께 왼손이오,
오른손에 인권은 이들을 능히 거들 수 있으니
여기 세 개의 명판이 다 있소이다"라고 한다면

그자를 즉시 진사의 자리에 올려 국사의 중책을 맡기시옵고
한양의 대궐 같은 집과 조선 제일의 명마가 끄는 마차
또한 하사하시어 그로 하여금 나라의 대업을 이끌고
폐하의 업적을 함께 빛내도록 하시옵소서.

폐하,

인사는 곧 만사라 하였사옵니다.

이 땅에 널린 게 학설이거늘

태반이 반쪽짜리 이념에 지나지 않고

또한 널린 게 학자이거늘

태반이 한쪽으로 치우친 선동꾼에 불과하온데

하물며 조정의 대신들은 어떻겠사옵니까?

부디 민주와 인권을 앞세워 감성과 눈물을 팔고

그럴듯한 감언이설로 백성들의 표와 피를 팔아

제 입신양명의 수단으로 삼는 저 들쥐와 같은

무리들을 긁어모아 스스로를 박멸하라 명하시옵고

자유의 가치를 알고 몸소 행하며

자유와 민주와 인권의 조화를 논하는

총명한 인재를 신하로 쓰시어 나라의 평안을 되찾아

백성의 앞길을 인도해주시옵소서.

六. 헌법의 가치를 지키시옵소서

나라의 근본은 백성이오 백성의 근간은 헌법이니
이는 대한민국은 민주공화국이오 대한민국의 주권은
국민에게 있으며 모든 권력은 국민에게서 나온다고
규정한 헌법 1조와 그 뜻이 같사옵니다.

또한 나라의 크고 작은 집회에서는
위 헌법 1조를 가사로 옮긴 노래가 흘러나왔고
폐하께서는 항상 그 자리를 지키셨으니
광우병 파동, 세월호 참사, 박근혜 퇴진 운동이
그러했습니다.

헌법 제1조를 부르짖으며 백성들을 이끌어
헌법에 의거해 전 대통령을 파면하였고
헌법에 의거해 대통령에 선출되었으며
헌법에 의거해 선서를 하셨사오니

헌법에 의거해 직무를 수행하고
헌법에 의거해 백성의 권리를 보장하시오며
헌법에 의거해 국토를 보전해야 함이 마땅하오나

헌법에 의거해 그 자리에 오르신 폐하 스스로
헌법의 가치를 훼손하고 적시된 조항을 무시하며
헌법에 내재한 백성의 가치를 짓밟고
헌법이 보장한 인간의 권리에 침을 뱉으사
헌법이 경계한 무소불위의 권력을
무아지경으로 휘두르니

나라와 백성의 근간인 헌법이 조각나 깨어지듯
민심 또한 조각나 깨어져 흉흉하옵고
온 나라가 서로 쪼개져 개싸움을 벌이고 있사온데
그 꼴이 참으로 처참하기 이를 데 없사옵니다.

그저 다주택자와 고가 주택 거주자를 잡아 족치시어
무주택자의 지지율을 얻겠다는 심산으로
건국 이래 최초로 토지거래허가구역을
지정하시고 임대차 3법을 강행하시어
헌법 제14조 거주이전의 자유를 박탈하시고

기회는 공정하며 과정은 평등하고
결과는 정의로울 것이란 폐하의 선포에 따라
학업이 뛰어난 학생과 그렇지 않은 학생들을
모조리 섞어 한 교실에 집어 넣어 하향 평준화를 통한

진정한 평등을 이루어내시어,

헌법 제31조 1항 능력에 따라 균등하게

교육을 받을 권리를 박탈하시고

이른바 6.17 대책으로

나라에 득이 된다 하여 적극적으로 장려한

임대사업자를 거듭된 부동산 정책 실패의

희생양으로 삼아 법을 소급하여 토사구팽하며

내 집 마련의 꿈에 들떠 있던 백성의

중도금을 막아 뒤통수를 후려치는 등

헌법 제13조 2항 소급입법으로부터

재산을 지킬 권리를 박탈하시고

경제적 이득을 취하고자 하는 인간의

기본적 욕구마저 말살하여 개돼지의 표본으로

삼으려 헌정 이후 최초로 백성의 재산권 행사에

법적 처벌을 운운하며 겁박하여

헌법 제23조 재산권의 보장을 박탈하시니

백성들은 무주택자 다주택자로 갈리고

강남권과 비강남권으로 갈리고

조정지역과 투기지역으로 다시 갈리고

임대인과 임차인으로 또 갈리어
서로를 물어뜯고 씹어대며 쥐어뜯고 있사온데
도대체 이제는 또 어디의 무엇을
갈라내고 도려내며 찢어내실 심산이옵니까?

백성은 각자 다르나 합쳐져 하나인데
이는 대야에 담긴 물을 쪼개어
반은 발을 닦고 나머지 반으로 세수를 하며
다시 쪼개어 세안을 하고 양치를 하며
이내 마셔버리는 꼴과 같으니

폐하께옵서는 헌법을 찢어내고 백성을 갈라내고
이제는 폐하 스스로의 옥체도 갈라내고 찢어내어
육시를 할 참이옵니까?

폐하,
이 나라가 폐하의 것이 아니듯
헌법은 폐하의 것이 아니옵니다.

헌법은 불가변한 가치를 지닌 국법이오
이 나라의 역사와 같은 성문법이며
백성을 위해 백성에 의해 제정된 민정헌법인바,

헌법을 짓밟는 것은 백성을 짓밟는 것과 같고
헌법을 저버리는 것은 나라의 역사를 부정하며
미래를 저버리는 것과 같사옵니다.

바라옵건대
스스로 헌법을 지키시고 보전하시어

깨어진 민의를 추슬러 민심을 회복하시고
사멸한 정도를 되살려 정의를 바로 세우사
처참히 조각난 이 나라를 다시 합쳐주시옵소서.

七. 스스로 먼저 일신_新_하시옵소서

마지막으로 폐하,
직언하옵건대

이 나라는 폐하와 더불어 백성들이
합쳐 망친 나라로 역사에 기록될 것이옵니다.

이 나라에 상식과 신뢰와 도의는 사멸했고
또한 헌법은 깨어졌으며 국회는 나락이니

오로지 죽고 죽이며 뺏고 빼앗기는
감성과 분노의 정치만 있을 뿐입니다.

이는 폐하만의 잘못도 아니고
조정 대신과 관료들만의 잘못도 아니옵니다.

그것은 백성 또한 무지한 까닭이며
엄중한 현인들의 경고와 선대 공신들이
남긴 역사적 사실에도 불구하고
일국의 지도자를 저잣거리의 광대 뽑듯이
감성에 젖어 눈물로 내세운 대가입니다.

소인은 평생을 살아오며
무주택자, 일주택자, 다주택자라는 단어가
이토록 심오하고 엄중하며 잔인한 것인지
폐하의 실정하에 처음 깨닫사오며

일찍이 폐하의 막역지우였던
故 노무현 선황의 통치하에서도,
폐하의 정적이었던 이명박 선황과
폐하의 제물이었던 박근혜 선황의
통치하에서도 경험하지 못했던

참담한 헌법 유린과 처절한 수탈과

극심한 분열과 외교적 고립을 겪사옵니다.

개구리가 찬물에 담가져

서서히 달궈지는 동안 미동도 하지 않듯

이 땅의 백성은 백성 스스로 선출한

폐하의 실정에 하나둘씩 권리를 내어주다

결국에는 헌법 조문 안에조차 속하지 못하는

아픔을 겪사오나

아직 절반의 백성은

스스로 벌어먹지 않고도 내어지는

끼니 앞에 굴복하여 제 몸이 익어

껍질이 벗겨지는 것조차 깨닫지 못하옵고

가진 자에 대한 끝없는 분노에 눈이 멀어

제 자식들이 살아갈 삶이

제 인생보다 나아야 한다는 일말의

책임감 또한 느끼지 못하옵니다.

폐하께서 추구했던 인권은 고작

사람을 죽이고 부녀자를 간음한

파렴치한 것들에게만 내려지는 면죄부가 되었고

폐하께서 부르짖던 민주는
절반의 백성에게는 약탈이고
절반의 백성에게는 토벌이며
과반수를 넘는 자가 벌이는 정당한 도륙이자
합법적 착취의 수단으로 전락하였으니

자유는 선대 공신들의 무덤을 파내어
찾으오리까, 아니오면
죽어 자빠져 저승길에서 찾으오리까?

소인이 감히 묻사옵니다.

무릇 정치란
백성과의 싸움이 아닌
백성을 뺀 세상 나머지 것들과의 싸움인바,

폐하께서는 작금에 이르러
무엇과 싸우고 계신 것이옵니까?

국내외에 어지러이 산적하여 당면한 과제는

온데간데없고 적폐청산을 기치로

정적 수십을 처단한 것도 부족하여

이제는 백성을 두고 과녁을 삼아

왜곡된 민주와 인권의 활시위를 당기시는 것이옵니까?

폐하,

스스로 먼저 일신하시옵소서.

폐하의 적은 백성이 아닌,

나라를 해치는 이념의 잔재와

백성을 탐하는 과거의 유령이며

또한 복수에 눈이 멀고 간신에게 혼을 빼앗겨

적군와 아군을 구분 못 하는 폐하 그 자신이옵니다.

또한 갈등과 분열의 정치를 끝내겠다는

폐하의 취임사를 소인은 우러러 기억하는바,

그날의 폐하 그 자신이오며

폐하께서 말씀하신 촛불의 힘은

무궁하고 무결하여 그 끝을 알 수 없는바,

그날의 촛불 그 열기이옵니다.

성군의 법도는 저 자신마저 품을 수 있으나
폭군의 법도는 저 자신 또한 해치는 법,

부디 일신하시어
갈등과 분열의 정치를 비로소 끝내주시옵고
백성의 일기 안에 상생하시며
역사의 기록 안에 영생하시옵소서.

간신의 글은 제 마음 하나 담지 못하나
충신의 글은 삼라만상을 다 담는 법,

소인의 천한 글재주로 일필휘지하지 못해
비록 삼라만상을 담지는 못하였으나
우국충정을 담아 피와 눈물로 대신하오니
다만 깊이 헤아려주시옵소서.

이천이십 년 팔 월
인천 앞바다에서 진인塵人 조은산 삼가 올립니다.

거천삼석

폐하,

천지신명이 동하여 새로운 하늘이 열렸으니

낡고 묵은 것은 풍우에 쓸려 사라지며

전지전능한 민주와 촛불의 기치 앞에

새로운 가치와 척도가 이 땅에 세워졌는바,

비로소 만물이 다주택, 일주택, 무주택으로 나뉘는

천하삼분책이 강림하였고

이른바 뉴우-노멀의 시대가 도래하여

조정 대신들과 관료들의 새로운 인사기준이 명확해졌으며

또한 백성을 다스리기 위한 척도가 바로 세워졌으니

참으로 경하드려 마땅할 일이옵니다.

다주택자를 척살해 세금을 취하는 경제의 논리에서

작금에 이르러는 이를 도덕적 가치로까지 삼아

다주택자냐 일주택자냐 무주택자냐 하는 시비가

조정의 대신들에게까지 들불같이 번졌는바,

조정 대신들은 폐하께서 수여하신

존엄한 임명장 대신 등기권리증을 택하여

야반도주를 감행하였고 이는 모두

폐하의 높으신 공덕이오 치적인 까닭이니

소인은 크게 탄복하여 감읍할 따름이옵니다.

또한 이른바, 뉴우-노멀이라는

신통방통한 인사기준에 맞춰

능력과 경력, 업무 적격성과 도덕성은 온데간데없고

다주택이냐 일주택이냐 무주택이냐에 초점을 맞추어

수석급 대신들을 일괄 임명하시는 등

백성들의 눈높이에 맞춘 인사를 단행하셨음에

폐하의 크고 높으신 뜻을 받들어

소인은 몸소 이를 행하고자 하였으니

스스로 갸륵한 일이 아닐 수 없사와

폐하께 삼가 아뢰오니 통촉하여 들어주시옵소서.

하여 늦장마가 기승을 부리던
팔 월에 이르러,

소인이 우중에 여염의 촌락을 기웃대다
이른바 뉴우-노멀의 정신을 새삼 되새기며
다가올 구국쇄신의 기운을 점치던 와중에

마침 허기를 느껴 구수하고 진한 짜장면의
정취를 탐하고자 저절로 어느 중국집에
다다르게 되었는바,

식사 때가 한창임에도 업장에는
개미 새끼 하나 보이지 않았으며
허공에는 똥파리 떼가 기승을 부렸고

"여봐라 주인장은 어디 있느냐?" 하고 호통을 치니
한 사내가 술에 취한 듯 비틀대며 골방에서 나와
"내가 여기 주인장이오"라며 답했사온데

머리는 헝클어져 비듬이 가득하고
개도 안 걸린다는 여름 감기에 걸려
콜록콜록 기침을 해댔는데 그것이 신종 역병인지는

알 수가 없었고 또한 온몸에는 피부병에 걸린 환자마냥
부스럼 덩어리가 가득하였사옵니다.

하오나 소인은 폐하의 뉴우-노멀 정신에 입각하여
지역 맘카페를 이용한 후기 검색, 블로그 리뷰,
배달 어플 별점 등 짜장면의 맛을 검증하는
일체의 행위 대신,

"주인장은 다주택인가 일주택인가 무주택인가"
라는 촌철살인과 같은 질문을 던진바,
주인장은 머리를 긁고 손톱의 때를 후비며

"장사가 잘 될 때는 다주택이었으나
역병이 돌아 손님이 끊겨 생활고에 허덕이니
어쩔 수 없이 한 채를 내놔 작금에 이르러
'사실상' 일주택자요"라는
오묘한 답을 하였사온데

이에 소인은 옳거니 무릎을 탁 치고
"이것은 필시 일주택자의 짜장이렷다?" 하며
짜장면 곱빼기를 주문하니 주인장은 서둘러
한 그릇의 짜장면을 내었는바,

면은 이미 떡이오, 젓가락 하나 쑤시기 힘들고

짜장은 구수한 맛은 없고 다디달아

설탕 덩어리요 조미료 덩어리와 진배없고

볶아진 양파와 돼지고기는 흐물흐물해

마치 유흥가 길바닥 위의 토사물과 같았사옵니다.

뒤늦게 휴대폰을 꺼내어 검색을 해보니

별점은 다섯 개 중 한 개가 전부요

리뷰는 다음과 같았으니

★☆☆☆☆ 아재 장사 포기한 듯

★☆☆☆☆ 짜파게티 먹어라

★☆☆☆☆ 카드 은근 눈치줌

★☆☆☆☆ 주인이 확진자라던데

따위의 악평이 가득했고 소인은 그릇의 절반도

비우지 못한 채 도망치듯 가게를

나와 선별진료소를 향해 내달았사옵니다.

또한

소인의 애지중지하던 낡은 승용차가

기력이 쇠하여 더 이상 운행이 불가하니

중고차 한 대를 구매하기 위해 인근의
중고차 매매단지를 방문하였는바,

폐하의 가르침을 받들어 뉴우−노멀의 정신으로
매매상들의 사무실에 이르러 문짝을 오지게 걷어차

"여봐라 이곳에 모인 매매상들 중
누가 다주택이오, 누가 일주택이며 누가 무주택인지
이실직고하여 냉큼 아뢰렷다" 하며 일갈하니

좌중에 적막만이 가득한 와중에
어느 매매상 하나가 나섰는데
얼굴은 험악하기 이를 데 없어 산적과도 같았고
덩치는 산 만하여 곰과 같았거니와
온몸에는 용과 잉어와 도깨비를
조화롭게 휘감은 문신이 가득했으며 또한
기개로운 글귀가 새겨진 겉옷을 걸쳤으니 이는
'나를 일깨우는 것, 그것은 바로 YOLO'였던바,

이 매매상이 가래를 용렬히 끌어올려
퉤하고 뱉더니 이내 고하길

"나는 벤츠를 끌고 고시텔에 사는 카푸어요
또한 소득의 절반을 월세로 납부하는 군자이며
나머지 절반으로 차량 할부금을 납부하는 현자이니
뉴우-노멀의 산증인과 다름없소이다"
라며 껄껄 웃으며 답하였사옵니다.

이에 소인은 옳거니 무릎을 '탁' 치고
"무주택자의 매물이니
이것은 필시 무사고차량이렷다?" 하며

차량 연식과 주행거리, 사고 여부,
이박자냐 삼박자냐의 사고 정도와
소모품의 상태, 엔진과 밋숀의
수리 여부 등을 확인하는 대신
복대에 감춰온 돈 꾸러미를 풀어
당장 매매계약서를 작성하였는데

집으로 가는 고속도로 위에서 별안간
차가 꽁무니로 똥물을 왈칵 토해내더니

헤들이 뽑히고 엔진이 멈추었으며
밋숀이 깨어지고 바퀴 한 짝이 튀어나와

저 스스로 들들들 굴러가 처박혔사온데

차는 또한 앞차를 들이받고 옆 차를 들이받으며
중앙분리대를 들이받는 쓰리이-쿠숀의 각을 잡아
똥창에 처박히니 이런 아비규환이 없어
구사일생으로 기어 나와 사실관계를 파악해본바,

차는 침수차였고
매매상은 무허가 업체 양아치였으며

뒤늦게 계기판의 주행거리를 확인하니
구십구만 구천구백구십구 킬로미터가 찍혀 있어 소인은
어리둥절할 뿐이었사옵니다.

하여 천만다행으로 목숨만은 부지할 수 있었고
구급차에 실려 고을 의원에 도착한 소인이
좌우를 둘러보니 의원 여럿이 눈에 띄었는데

그중에 한 도인과 같은 형상을 한 의원이
소인의 이곳저곳을 찔러보며 아픈 곳을 살폈는바,
소인은 극심한 고통에
정신이 오락가락하는 중에도

겨우 입을 놀리어 옴짝달싹해

"이보게 의원 선생. 의원 선생은
다주택인가 일주택인가 무주택인가
나는 폐하를 받들어 이 나라의 뉴우-노멀
정신을 계승하고자 하니 도덕적이고 청렴한
무주택 의원이 나를 진료해줬으면 하네"

라고 말하니 이 의원이 별안간
소인의 양 귀싸대기를 연이어 후려치고
청진기를 역동적으로 휘둘러 골통을 갈기며
갈ૹ! 하여 호통치기를

"이런 미친 자를 보았느냐! 의원이
환자 잘 보고 수술 잘하고 치료 잘하면 장땡이지
의원이 다주택이고 일주택이고 무주택인 것이
무에 그리 중요하다고 그따위 망발을 지껄이느냐!
무주택이면 머리가 둘이오 손발이 여덟이라도
된다는 말이더냐? 그것은 속세의 법도일 뿐
하늘의 법도는 아닐 터, 너는 잠자코 있으렸다!"
하더니만 말이 끝나기가 무섭게
소인의 손과 발을 묶어 제단 위에 놀리고

수술칼을 빼 들어 짤랑이를 흔들며
요사스러운 주문을 외우기 시작하였는데

"마용성 노도강 금관구 강남삼구 지림쓰
래대팰 마래푸 반센자 경아경자 오짐쓰
몸테크는 똥테크 청무피사 팔또사
초피무피 불쌍타 특공예당 불발타

신축빌라 증손주 구축빌라 고손주
지주택은 한강행 무주택은 지옥행
재개발은 관처각 재건축은 존버각
몬나니는 앞동뷰 알알이는 오션뷰

다주택자 피빨아 무주택자 표팔아
임대인은 무안타 임차인은 병살타
집없어도 나라탓 집많아도 나라탓
양도세는 중과세 위장이혼 고고씽"

라며 알아들을 수 없는 말을 지껄이더니
일순간 눈앞이 뿌옇게 흐려지고 광채가 일며
폭풍이 몰아쳐 소인이 두 눈을 뜨지 못하여
허둥지둥하는 사이 이 의원은

시무 7조

"줍줍! 줍줍!" 하는 요상한 기합과 함께
수술칼을 들이대 소인의 여기저기를
쑤시고 자르고 가르고 하였는바,

신기하게도 소인의 으깨진 뼈와 찢긴 살이
저절로 아물고 스스로 이어 붙었으며
피 한 방울 흘리지 않고
상처가 사라지는 것이었사옵니다.

하여 소인이 놀란 마음을 가라앉혀
간신히 입을 놀려 "의원 선생은 다주택이오?"
하고 겨우 물으니 의원은 호탕하게 웃으며

"투기지역 두 개, 조정지역 한 개, 재개발 뚜껑 한 개"

라는 말을 남기고 홀연히 사라졌사온데
소인은 마치 현대판 화타를 보는 듯하여
한동안 정신을 차리지 못하였사옵니다.

소인이 보고 듣고 또한 행한 바로는
무주택자라 하여 도덕적인 것도 아니었고
일주택자라 하여 청렴한 것도 아니었으며

다주택자라 하여 그 자리에 맞는
재주가 없는 것도 아니었사옵니다.

하여 소인은
점심 한 끼도 못 먹은 채
걸어 집으로 돌아왔고
탁주를 들이켜 속을 달랬는데
취중에 폐하께 발도 못 들이고
여민관 간신배의 농간에 입구참하여 찢겨 버려진
소인의 다치킨자 규제론, 臣 김○미의 파직 상소문,
〈시무 7조〉 상소가 떠올라 망연자실해 길게 울었고
서러운 마음을 표할 길이 없어
소인이 다시금 삼가 아뢰오니
부디 굽어살펴주시어
윤허하여주시옵소서.

폐하께옵서 臣 박○원과 臣 이○영을
국정원장과 통일부 장관에 나란히 임명하시니
소인은 폐하의 영명하심에
깊이 탄복할 뿐이어서 얼마 전 소인의
재물을 빼돌려 윗집 놈팡이에게 갖다 바친
마누라의 어깨를 주무르며 자축하였고

또한 수석급 대신들을 일괄 임명하시며

'사실상 일주택자'라는 절묘하고 오묘한 풀이로

당면한 과제를 능숙히 풀어가시니

소인은 또한 깊이 탄복하여

그 나물에 그 밥을 비벼 끼니를 때웠고

눈 가리고 아웅 하며 낮잠에 취했사온데

작금에 이르기까지

수많은 우책과 폭정으로 백성들의 원성을 자아낸

국토부 장관은 아직도 제 소임을 다 하지 못하고 있어

각지의 집값은 여전히 치솟고 있는 형국이고,

법무부 장관 역시 입으로는 정의를 뇌까리며

행실은 여지없는 정치가의 면모를 보여주고 있으니

어찌 그 패악이 크지 않다고 말할 수 있겠사옵니까?

또한 비서실장이라는 자는 주군을 보필하며

실책을 직언하고 실언을 수습하여 실정을 방비해야 할

책무가 있거늘, 사저 문제 하나 제대로 처리하지 못해

감히 추상같은 폐하의 입에서 "거 좀스럽게…"라는 말이

튀어나오게 하였으니, 그야말로 민망한 일이 아니옵고

무엇이겠사옵니까?

하여 소인이 차가운 방바닥에 배를 깔고 엎드려

고찰하건대, 조정의 실정은 그에 걸맞은 인재의 부재에서

비롯된 것이 자명한 바, 이에 진인塵人 조은산이

각지를 굽어살피어 다주택자를 과감히 배제하고

또한 그의 됨됨이와 적격성 또한 간파하여

출중한 자들을 최종적으로 선별해

감히 폐하께 천거해 올리옵나니,

삼가 굽어살펴주시어

뉴우-노멀의 뜻을 더욱 공고히 하시옵소서.

폐하,

가장 먼저 국토부 장관의 자리에

형주荊州 융중隆中 고을의 서생 제갈공명을 쓰시옵소서.

이 자로 말할 것 같으면 일찍이 수경 선생 사마휘가 전하길

복룡과 봉추 둘 중 하나만 얻어도 천하를 얻을 수 있다

하였으니 그중의 복룡이라 일컬어지는 출중한 인물인바,

전해지는 사실에 따르면 인재에 목이 마른 유비가

관우, 장비를 대동해 삼고초려에 임하였으나

때마침 제갈공명은 본채에서 낮잠을 자고 있었고,

그의 시중이 별채에서 뛰쳐나와 유비 일행을 맞이하였으니

이에 격양된 그의 아우 장비가 장팔사모를 휘두르며 일성하길,

"이 자의 집을 보시오. 형님!
본채에 이어 별채까지 소유했으니
이 자는 필경 다주택자가 확실하외다!"라 하였으니
이에 유비 역시 대노하여 타액을 내뿜으며 일갈하길,

"그 총명한 제갈공명이 다주택자였더냐! 이것은 복룡이 아닌
복덕방 따위에 불과한 천한 자로다! 애, 익덕아. 너는 기필코
저 자의 집을 불살라 오너라"

라고 하였으니 이에 장비가 유비의 명을 받들어
그의 집을 불 질러 소훼하였고, 이후,
유비는 촉한의 황제에 등극하기도 전에 형제들과 더불어
장렬히 전사하였는바, 천하 귀재 제갈공명 역시
여태 제 주군을 찾지 못하고 만년 백수로 살고 있다 하니,
어찌 그를 몸소 거두어 중용하지 않을 수 있겠사옵니까?

아울러 폐하,
국토부에 이어 법무부 장관의 자리에
하내군河內郡 온현溫縣 고을의 서생 사마의를 쓰시옵소서.

이 자로 말할 것 같으면 천하의 간웅 조조가 승상에
머무르던 시절, 친히 벽소辟召하여 마침내 숱사란

명문가의 자제이자 당대 최고의 지략가였으나,
어느 날 조조가 친히 그를 불러 소상히 묻기를

"그대의 가문은 성안의 제일가는 명문가라 하였는바,
일찍이 부귀공명하여 많은 재물과 대저택을 보유하고 있다는…"

그러자 그의 말이 미처 끝나기도 전에
일양 득의만만한 사마의가
등기부등본을 촤라락 펼쳐 보이며 거침없이 쏟아내기를,

"네, 승상. 저희 일족이 소유한 대저택으로 말씀드릴 것 같으면,
대지 일만 평, 건평 이천오백 평, 전용면적 팔천사백사십
제곱미터로 본채와 별채를 비롯해 행랑채, 사랑채가…"

"이런 개자식을 보았는가! 이것은 가히 다주택을 능가한
인간쓰레기에 불과하도다. 한낱 투기꾼에 불과한 자가
감히 나를 능멸하는 것이더냐!"

하여 그의 가문 일족은 멸문지화의 변을 당했으며
그 이후, 조조 역시 위나라의 황제에 등극하기도 전에
그의 아들 조비와 함께 장렬히 전사하였는바,
사마의 역시 삭탈관직당하여 식음을 전폐한 채

홀로 폐인이 되어 살고 있다 하니
어찌 그를 몸소 거두어 중용하지 않을 수 있겠사옵니까?

마지막으로 폐하,
비서실장의 자리에 진인塵人 조은산을 쓰시어
실추된 황실의 권위를 바로 세우사,
태평성대의 길을 밝히시옵소서.

소인의 글월이 제갈공명의 출사표나
최치원의 〈토황소격문〉에 비하면
개나 소, 말 따위의 울음에 지나지 않사오나

과거 비서실장을 역임한 어느 파렴치한 작자가
피감기관을 상대로 단말기까지 설치해가며
팔아치운 졸렬한 시집 따위에 비하면
하필성문이오 일필휘지라 할 수 있사오니
폐하의 연설문은 떼어놓은 당상이요

소인의 붓은 때로 날카롭게 다듬은 칼끝과 같아
정적의 심장을 꿰뚫어 절명시키니 폐하께오선
실로 방약무인하여 장기집권의 큰 뜻을
이룰 수 있사옵고

아뢰옵기 황송하오나

소인이 본디 초고에서 탈고에 이르기까지

술기운을 빌어 붓을 놀리는 버릇이 있어

글을 써 내려감에 명정의 상태에 가까우나

폐하의 끊임없는 실정의 추태에 비하면

맨 정신과 다름없으니

이만한 인재가 어디 있겠사옵니까?

나라가 미쳐 돌아가 바야흐로

온갖 것들이 정치질에 환장하여

떼로 모여 눈물을 훔치고 악을 쓰니

해상 사고도 정치요 적국의 어뢰도 정치요

풍수해도 정치고 심지어 역병도 정치인바,

온 나라가 둘로 나뉘어 벌이는 전쟁터와 같사온데

우군도 없이 어찌 전장에 나가실 것이오며

명장도 없이 어찌 적장의 목을 베려 하시옵니까?

부디 장고하시어

소인의 거천삼석의 상소를 윤허하시옵고

마땅히 해로운 건 내치시되 이로운 건 취하시어

나라와 백성을 보전하시옵소서.

폐하,

패퇴한 역병은 다시 돌아와 기승이고

물러간 장마는 성난 태풍으로 변해

남해안에 머무르고 있사옵니다.

하여 소인은 무엇이 이 땅의 재앙으로

다시 찾아올까 다만 두려울 뿐이옵니다.

끝을 맺기에 앞서

시 〈하늘 아래 딱 한 송이〉를

매우 아끼셨다고 들었는바,

작금의 현실에 백성들의 고초가 가여워

소인 또한 꽃을 들어 시 한 구절 올리옵나니

부디 통촉하시어 들어주시옵소서.

  돌꽃

  거친 바위 위에 돋아난 건

  꽃의 뜻이 아니었다.

  그럼에도 오롯이 살아간다.

  그래서 더 아름답다.

이천이십 년 팔 월

인천 앞바다에서 썩은 새우의 더듬이를 핥으며

진인塵人 조은산 삼가 올립니다.

무영가

하나의 권리가 다른 하나의 권리를 막아서면 안 됩니다. 한쪽에 모든 힘을 가하면 양쪽이 모두 무너집니다. 권리와 권리가 만나 춤을 추듯 어우러져야 합니다. 정치는 본디 그러합니다. 그러므로 위대한 지도자는 첨예한 대립의 칼날 위에 홀로 춤을 추듯, 위태롭게 아름다울 수 있는 것입니다.

기업과 노조, 정규직과 비정규직, 임대인과 임차인, 다주택자와 무주택자, 계층과 계층, 각자 외로우나 결국 한 몸과 같으니 헤아림을 같이 하시고 한쪽을 해하려거든 차라리 함께 멸하시어 그 흔적마저 없애야 할 것입니다.

매사에 진심으로 임하셔야 합니다. 그러나 때로는 구렁이가 되어 담벼락을 타고 넘을 줄도 알고 성난 황소가 되어 담을 부셔야 할 때도 있음을 스스로 아셔야 합니다. 그러나 결코 사람 뒤에 숨어서는 안 될 일입니다. 처세를 말씀드리고자 함입니다.

국민은 각자 다르니 한곳에 몰아넣으면 안 됩니다. 각자의 영역을 존중하고 지켜주는 것이 진정한 통합입니다. 다르다고 외면할 것이 아니오, 밟아 없앨 것도 아닙니다. 그 접점을 찾고자 눈을 감아 고뇌하고 밤을 밝혀 신음하니, 대통령의 낮과 밤은 따로 없는 것입니다.

대통령은 국민의 아버지이고 어머니이자 국민이 낳은 자식입니다. 큰 틀에서 외교를 논하고 국정 운영의 방향을 굳건히 하시되, 국민의 사소함까지 살피시어 내정의 기틀을 세우셔야 합니다.

보편적, 선별적 복지를 아우르는 차등적 복지를 염두에 두셔야 합니다. 모두가 고통받는 시대가 도래하였으니 모두가 보호받아야 합니다. 그러나 그 정도를 점차 다르게 하시라는 뜻입니다. 계층과 계층을 절단하는 단면이 아닌 완만한 경사를 지어 재정 또한 아끼셔야 합니다.

기본 소득을 논하기 전, 사회 취약계층을 먼저 살피셔야 합니다. 분배 정책을 논하기 전, 재정의 건전성을 먼저 살피셔야 합니다. 재정을 한 계층에게 강요한 고통의 산물이 아닌, 기업의 이익 창출과 고용의 확대에서 나오는 경제 순환의 산물로 채우셔야 합니다. 정치가 이념을 품어도 경제는 원리로써 지켜져야 합니다.

형법을 개정하시어 5대 범죄와 재산범죄의 법정형을 높이시고 판사의 작량감경을 제한하시어 사람을 죽이고 부녀자를 간음한 자가 반성문과 전관 변호인의 덕으로 다시 거리를 활보하는 일이 없도록, 여당의 의원들을 재촉하시어 발의를 논의토록 하셔야 합니다. 길거리의 정의는 책상머리의 인권과 결코 같지 않음을 아셔야 합니다.

이 나라의 청소년들을 범죄자의 길로 내몰고, 같은 학생이 다른 학생을 던지고 때리고 빼앗아 죽여 없앰을 조장하는 소년법을 개정하셔야 합니다. 범죄소년과 촉법소년의 연령 기준을 하향 조정하시고 죄명별로 보호 처분을 제외해 법의 보호 아래, 청소년 서로가 서로를 지켜주는 안전한 하굣길을 만들어야 합니다. 이것이 바로 진정한 민생이며, 이 땅의 아이들을 지키는 어머니의 길이자 어머니를 위한 길입니다.

노력한 대로 보상받는 세상을 청년들 앞에 펼쳐주셔야 합니다. 잘못된 평등이 순수한 공정을 해하지 않도록 제도를 재정비하셔야 합니다. 사법고시를 부활하시어 가난한 자의 법복이 낡은 법전과 함께 빛날 수 있도록 해주셔야 합니다. 대통령님께서 가난을 딛고 인권 변호사의 길을 걸었던 것처럼 가난한 자가 소외된 자의 참된 인권을 제 가난에 비춰 살필 수 있도록 길을 열어주셔야 합니다.

공기업과 공무원의 채용 과정을 다시 살피시어 피땀 흘려 노력한 청년들이 역차별 앞에 짓밟혀 울지 않게 해주시고 늦은 밤, 전등의 스위치가 가까스로 꺼지고 찾아온 적막과 어둠 안에 그들의 미소만이라도 밝게 빛날 수 있도록 지켜주셔야 합니다.

국보 1호는 바로 아이들이니 학대받고 소외당하는 아이들이 없도록 각고의 노력을 기하셔야 합니다. 모든 아이가 부유한 집에서 성장하지는 못하더라도, 모두가 영양가 있는 세 끼 식사를 해결하고 모두가 따스한 손길 아래 편안히 잠자리에 들어 공룡 꿈을 꾸게 해주셔야 합니다.

모두가 사랑받고, 모두가 심신에 상처를 입지 않으며,
어떤 누구도 저들끼리 설익은 라면을 끓이다 목숨을 잃지 않도록,
먼저 돌아간 예쁜 동생의 영혼을 병상의 형이 위로하지 않도록,
과자를 찾는 아이의 영혼이 더는 편의점에서 방황하지 않도록,
부디 온 힘을 다해주셔야 합니다.

스스로 태양이 되어 군림하시면 안 됩니다. 음지와 양지를 만들어낼 뿐입니다.

국민이 별이니 밤하늘이 되어 이들을 밝혀주소서.

큰 별이 작은 별의 빛을 해하거든 더욱 어두워지시어 작은 별 또한 찬란히 빛나게 하소서.

더 말해 무엇하겠습니까!

글에는 그림자가 없듯 남겨지는 것 또한 없습니다.

마지막 고언을 담은 이 글이 북악산 자락으로 몸을 돌려 날아오르는 그 순간에, 이미 그 뜻을 다 했으니 저는 더 바랄 것이 없습니다.

어디에 계십니까!

인의 장막에 가려져 보이지 않습니다. 그 흔적만을 쫓아 여윈 글을 맺습니다.

확률이 아닌 확신이 지배하는 세상을 꿈꾸며

이천이십 년 가을, 진인塵人 조은산이

40만의 염원을 담아 이 글을 바칩니다.

〈시무 7조에 관하여〉

　아라뱃길 주변을 거닐며 나는 밤낮으로 생각했다. 그해 여름의 태풍은 소멸과 생성을 반복했고, 정리되지 않은 나의 수많은 말들이 또한 그랬다. 수면 위로 가끔 살진 농어가 치솟았고 세상의 모든 아름다운 말들은 일그러진 수면 아래에 갇혀 잠잠했다. 나는 그것들을 골라낼 수 있는 처지가 아니었으므로 무작위로 떠오른 말들을 차근차근 조합해 붙여나갔다.

　역병 아래의 삶을 언어로 표현하는 것은 참담한 일이었다. 그러나 그 과정을 지나오며 내가 본 것은, 역병에 맞서 한껏 제 밥그릇을 끌어안은 인간의 비장한 아름다움이었다.
　강변북로를 달리는 차 안에도, 출퇴근 시간에 갇힌 지하철 안에도, 젖먹이를 안고 내달리는 거리 위에도 그 아름다움은 살아 있었다. 살아서 날뛰는 말들은 살고자 날뛰는 사람들 앞에선 무의미했고 나는 말의 유려함보다 사람의 아름다움에 이끌려 글을 이었다.

역병 아래의 부와 가난을 말하는 것이 마음 아파 나는 잠시 글을 멈췄다. 정승댁의 기왓장에도, 여염의 초가지붕 위에도 함께 내려 스산했다는 그 눈은 같은 고난의 무게로 내려앉지 않았을 것이다.

공히 처연했다던 가난한 자의 울음과 부유한 자의 울음은 아마도 가난한 자에게서 더 처절했을 수도 있겠다. 그러나 나는 최소한 나의 글에서만큼은, 인간이라는 그 이유 하나만으로 모두가 아름답길 바랐다.

이쪽이 아닌 저쪽이라는 이유로 구석에 내몰린 사람들과 빈자가 아닌 부자의 편에 섰다는 이유로 발가벗겨진 사람들, 정치적 공세에 노출되어 방치된 사람들, 국민이 아닌 국민들, 소외되지 않은 소외된 사람들. 그러므로 나의 글은 이들을 향해 있다. 지금도 그들은 빈약한 나의 글에 갇혀 자음과 모음을 두드리며 울고 있다. 언론에서, 댓글에서, 나의 이웃에게서 나는 매일 그 울음을 듣는다.

날 선 생각들로 스스로를 할퀴던 날들은 이제 끝났다. 〈시무 7조〉는 온 힘을 다해 읽혔다. 40만의 동의는 그 뜻을 다했고, 이 글에 대한 해설은 따로 필요하지 않으리라 생각했다. 난해한 어법을 구사하지도 않았고 그럴 재산도 없었다. 그러나 쓰는 자와 읽는 자의 관계는 언제나 불공평하기에, 일 대 다수의 관계에서 생애 첫 일 인이 되었음에, 나는 기억을 되짚어 다시 이곳 아라뱃길에 서 있다.

〈시무 7조〉는 초고 당시 '시무 15조'라는 장문의 형태로 틀만 갖춘 채 내 기록 안에 존재했다. 나머지 8조의 행방은 〈무영가無影歌〉를 통해 일부 찾을 수 있을 것이다.

무너져 내린 법치와 그 아래 깔린 사람들의 비명과 죽음을 전했다. 높이 치솟은 인권 아래 죽은 사람이 엎드려 절하고 있는 현실은 인간성의 말살을 더욱 부추긴다.

죽고 죽이는 세상은 이제 부모와 자식, 아이들과 아이들을 가리지 않게 되었다. 망자의 죽음을 산 자가 논하며 용서하는 모습은 기이하다. 우리는 이런 곳에 산다.

인간의 삶을 압도하는 자본주의의 위력을 고시 제도를 통해 엿본다. 사법 고시의 부활을 제시한 건 그런 이유였다. 돈이 없다는 이유로 누군가가 꿈을 접어야 한다면 그 세상은 이미 끝난 것이다. 노무현 대통령 당시 추진됐던 이 폐악을 당시 민정수석이었던 문재인 대통령에게 물었다.

돈이 흘러가는 방향을 종잡을 수 없었다. 아이들은 언제나 이곳에서 죽었고 저곳에서도 죽었다. 부모가 있는 곳에서 죽었고 없는 곳에서도 죽었다. 수백조의 예산이 비처럼 쏟아져 내렸지만 작은 마당 한 켠에도 고이지 못하고 증발하거나 흡수됐다. 더 낮은 곳에, 더 메마른 곳으로 집중된 비를 나는 바란다. 세상의 모든 정의가 사라지고 없어도 단 하나의 정의는 존재해야 한다. 그리고 그것은 아이들의 몫이다.

다시 〈시무 7조〉로 되돌아온 나는 생경함으로 지난 글을 다시 들여다본다. 좋은 글이 아니라는 생각이 먼저 들었다. 중언부언 했고 비난은 했으나 적절한 대안을 내놓지 않았다. 문체에 특이점을 실었을 뿐 시대의 정치에 맞서는 현대인의 고뇌를 진솔하게 담지 못했다. 글의 힘이란 무엇인가 다시 생각한다. 한때 세상을 떠돌며 사람들에게서 주목을 받을 수 있었던 건 글의 힘이 아닌 사람의 힘이었다. 나는 잠시 불어온 바람에 가벼운 말들을 실어 보냈을 뿐이다.

정치라는 것은 언제나 급부의 형태로 다가오지만 본질은 있는 그대로의 삶을 지켜주는 데에 있다. 그러나 그러지 못했다. 섣부른 자비와 설익은 정책이 나와 주위의 삶을 얼마나 잔인하게 망가트렸는지를 나는 알고 있다. 목젖 아래로 뜨거운 것들이 치밀어 올랐으나 삼켜 내리지 못한 채 글을 이었다. 그런 이유로 한 사람이 같은 사람에게 차마 하지 못할 말들을, 나는 국민의 뜻을 빌려 쉼 없이 던졌다. 되돌아본 〈시무 7조〉에는 그런 나의 미성숙한 내면이 엿보여 부끄럽다. 나의 글에서 비난과 조롱의 대상이 된 그들이 내 글을 읽었거나 혹은 그러지 않았거나와는 무관하게, 그러나 이런 글을 세상에 남긴 사람으로서 그들에게 사죄의 말을 건네고 싶다.

상소문이라는 형식을 빌렸으나 형식에 얽매이지 않으려 노력했다. 문단을 짧게 잡아 읽는 이의 수고로움을 덜어주려 했고 행간에 숨은 의미를 두기보다는 사물과 현상의 이치를 빌려 뜻을 더했다.

당시 논란의 중심에 선 몇몇 정치인들의 이름을 두문자 형식으로 배열한 것은 실명 노출과 상호 언급으로 비공개가 된 이전의 상소문 때문이었다. 그러나 5조의 〈신하를 가려 쓰시옵소서〉에서, '(조)정의 대신 열 중 셋은 허황된 꿈을 좇아 (국)사를 말아먹는 이상주의자'의 '조국'은 일부 언론이 보도한 것처럼 의도한 부분이 아니었다. 나조차도 모르고 있던 사실을 발견해낸 언론인에게 경의를 표한다.

기해년 겨울로 시작하는 글의 서두에서는 코로나로 인해 고통받는 나와 이웃들의 모습을 전하고 싶었다. 어린아이들은 어느덧 외출할 때 꼭 마스크를 착용하는 게 이미 자연스러운 듯했다. 그

모습에 가슴 아팠다. 우리에게 숨은 무엇인가?

향기를 잃은 가을과 냉기가 희석된 겨울이 그렇게 지났다. 온전한 호흡으로 세상과 만나지 못한 아이들은 눈과 귀로 병든 봄을 맞았다. 나는 그 봄이 오기 전, 모든 상황이 끝나 있기를 빌었다. 그러나 아이들에게서 마스크를 벗겨 내는 것은 그토록 힘든 일이었다.

백성들은 각기 분忿하여 입마개로 숨을 틀어막았고
병마가 점령한 저잣거리는 숨을 급히 죽였으며
도성 내 의원과 관원들은 숨을 바삐 쉬었지만
지병이 있는 자, 노약한 자는 숨을 거두었사옵니다.

나는 결국 글을 통해 숨을 돌렸다. 숨은 나의 열망이었고 아이들의 열망이었다. 나는 지금도 숨을 쉬고 싶다.

역병과 맞서면서도 살기 위해 모두가 발버둥 쳤다. 삶에 대한 투쟁은 앞을 향해 달려나가는 자만의 것이 아니었다. 그 뒤편에 남겨진 삶 또한 누군가에 의해 조물조물 자라난다. 부모의 빈자리를 그들의 부모가 대신했고 아이들은 그렇게 조부모의 주름진 손을 타고 커갔다. 경상의 멸치와 전라의 다시마는 내 소망의 바다에서 잡아 끌어올렸다. 나는 남겨진 할미와 손주 앞에 한 그릇의 가락국수를 바쳤고 맑은 국물 위로 빈진 그들이 무슨을 떠올렸다. 제 주름처럼 느슨해진 국수를 한 가닥 건져 올리자 손주는 입을 벌렸고 할미는 꿀렁꿀렁 웃었다. 둘의 세상은 원래 하나였을 것이다.

피를 토하고 죽어가는 세상에서도 새 생명이 나고 울음을 토했다. 병마는 인간의 삶을 통제하기 시작했지만 본능 앞에서는 무력했다. 본능은 무한한 희망으로 꿈틀댔고 아이는 양수를 쏟아내며 어머니의 산도를 관통했다. 탯줄이 잘린 아이가 울음을 터트렸을 때에도 어머니는 잠자코 기다렸을 것이다. 온전한 세상이 무겁게 가슴을 파고들었을 때, 비로소 어머니는 울음을 터트렸을 것이다.

나는 그 울음과 저 울음 사이에서 위태로운 세상에 내쳐진 아이의 가여움을 보았고 섬뜩하리만치 두려운 모성을 보았다. 내가 기억하는 아내의 모습에서, 그녀의 가슴 위로 포개어진 아들에게서 나는 새 생명에 관한 언어의 실마리를 풀 수 있었다.

각 조에 다가서며, 처음 내가 바랐던 글의 형태는 지금과 같지 않았음을 기억한다. 언급했던 대로 15조의 간언을 구상하며 간략한 서두를 통해 운을 떼고, 부연설명 없이 각 조를 이어나가려 했다. 뜻대로 진행되었더라면 지금의 〈시무 7조〉와는 전혀 다른 모양새의 글이 되었을 수도 있겠다. 그러나 생계와 글쓰기를 병행해야 했던 이유로 글은 뜻하지 않게 변형된다. 하루 안에 끝내지 못한 글이 결국 하염없이 늘어지고 만 것이다. 길게 늘어져야 했던 글은 온갖 상념들과 무의미한 수사들의 간섭으로 무거워지기까지 했고, 지쳐 있던 나는 7조를 끝으로 글로부터의 탈출을 감행할 수밖에 없었다. 더 쓰다간 죽겠구나 싶었다. 게다가 지금도 길다고 난리인 그 글이다. 15조를 누가 쳐다나 봤을까 싶기도 하니 참 다행스러운 일이다.

 一조의 세금에 관한 부분은 부동산 정책 실패와 연관 지어, 모든 계층에 걸쳐 과중한 세금을 떠안게 된 현실을 전하고자 했고 정책의 저면에 깔린 증세의 숨은 의도를 알리고자 했다. 증세 없는 복지는 허구다. 아마도 문 정권은 허구를 인정하기에 앞서, 증세의 대상을 유주택자에게 맞춰 무주택자의 분노에 편승하는 방법으로 반발을 덜고자 했을 것이다.

 또한 사회적 합의가 아닌 정권의 향방에 따라 급격하게 증감하는 종부세, 재산세는 오히려 주거 불안정의 또 다른 원인이 되기도 한다. 특히 소득이 없는 고령자나 퇴직 근로자가 단순히 고가주택에 거주한다는 이유로 막대한 세금을 납부해야 할 처지에 놓였다.

 과연 이것은 조세 정의에 부합하는가? '비싼 집에 살면서 그정도는 내야지', '집값이 그만큼 올랐으면 더 내야지'와 같은 증오이 논리에서 벗어나 이심전심으로 따져보면 답이 보인다. 오랫동안 지켜왔던 삶의 터전을, 자라나는 아이의 기기 벼 한가운데에 선명한 그 추억의 공간을 부유하다는 이유로 포기해야 한다면, 그것은 과세의 명분 아래 자행되는 국가적 폭력에 지나지 않을 것이다. '세금을 납부하는 자가 납득할 수 있는 세율'을 언급한 것은 바로 이런 이유에서였다.

二조에서는 게으른 자와 병약한 자, 그리고 살진 암탉의 비유를 통해, 이성의 영역에서 원리로써 전개됐어야 할 경제 전반 정책이 감성적 요소에만 치중했고, 결국 공멸로 이어지게 된 현실을 전했다. 최저임금을 올려 가계소득을 높이고 저소득층의 소득을 늘려 경제를 활성화시키겠다는 그들의 말은 언제 들어도 아름답다. 그것은 감성이다. 그러나 급격한 최저임금 인상은 결국 수많은 자영업자들을 폐업 단계로 몰아갔고 광범위한 업종에 걸쳐 대량의 실직자를 양산케 했다. 이것이 지극한 현실이고 이성이다.

마찬가지로 현 정권에서 적극적으로 철거를 추진하고 있는 4대강 보가 정작 현지 주민들의 반대에 부딪혀 이러지도 저러지도 못하고 있는 현실과 일자리 확충 명목으로 막대한 예산을 쏟아부었음에도 불구하고 오히려 일자리는 줄어들게 된 현실을 마주케 했다. 정책적 감성으로 민심을 확보하는 것과 감성적 정책으로 표심을 확보하는 것은 천양지차다. 작금의 지지율로 평가받는 군왕이 아닌, 후대의 평가로 역사에 남는 패왕이 되어달라는 나의 말은 후자에만 충실했던 그를 위함이었다.

三조를 통해 맹목적 반일에 대한 환기의 필요성과 민족주의의 명분 아래 결국 원점으로 돌아간 대북 정책의 한계를 전하고자 했다. 이제 와 털어놓자면, 일본과의 무역 분쟁에 관한 부분은 가급적 언급하지 않는 게 좋을 것 같아 한참을 고민했던 게 사실이다. 정치와 관련된 많은 담론장들이 매한가지겠지만, 특히 일본에 관한 부분에 있어서는 일말의 중립적 언사라든가 혹은 그런 자들이 설 회색 지대가 애초에 불허된 듯 보였기 때문이다. 반일이 아니면 친일일 뿐이며 죽창이 아니면 욱일기일 뿐, 어떠한 중립을 표방하거나 현명한 극일을 주장하는 이가 있다면 토착왜구로 전락하는 게 수순이다. 그러나 이런 현실 앞에서도 조금이나마 용기를 낼 수 있었던 까닭은, 고조되는 반일 감정과 불매 운동의 여파로 분명 피해를 입은 우리의 이웃이 있다는 가슴 아픈 현실을 누군가는 분명히 전해야 한다는 생각이 들어서였다. 그런데도 걱정이 앞섰던 나는 '아베의 골통을 쥐어박고 고환을 걷어차는 등'의 표현으로 내가 맹목적 친일주의자가 아니라는 점을 내심 피력했는데, 다행히도 〈시무 7조〉를 다룬 어느 위키 사전에서는 위 내용을 논거로 나의 주장이 맹목적 친일이 아니라는 반론이 펼쳐지기도 했으니 내 의도는 적중한 셈이다.

대북 정책에 이르러서는 몹시 화가 나 견딜 수 없었다. 무엇보다 냉면이 목구멍으로 넘어가느냐는 한 북측 인사의 무도한 언사에도 불구하고 일관성 있게 굴종적으로 추진된 남북 정상회담의 과정이, 북측 연락 사무소의 전격적 폭파로 인한 가시성으로 다가왔다는 사실에 격분했다.

이 지상 최대의 쇼가 트럼프의 재선과 문 정권의 지지율을 위함이었다면 결국 둘 다 실패한 것이겠다. 그러나 고화질 영상으로 송출된 김정은 위원장의 인간미 넘치는 모습으로 국민의 뇌리에서 천안함 피격과 연평도 포격 사건을 지워내기 위함이었다면 그것은 아마 성공한 것일 테다. 그렇게 이 땅에 잠시 넘쳐나던 이상주의자들을 비웃듯, 하노이 회담장의 현실주의자들은 협상 결렬을 선언했다. 이를 기점으로 북한은 무수한 모욕적 발언들로 문 정권을 조롱하기 시작했고 본색을 드러낸 그들 앞에 문재인 대통령 역시 본색을 드러냈다. 그는 철 지난 민족주의로 무장한 종북주의자에 불과했다.

四조에서는 정부의 다주택자 때려잡기와 관련된 일련의 사건들, 특히 직 대신 집을 선택할 수밖에 없었던 청와대 고위 관료들의 일괄 사의 사태를 비유와 풍자를 통해 전했다. 청와대와 시민 사회 그리고 언론 등 다방면에서 가해지던 압박에 가장 먼저 백기를 든 것은 다름 아닌 수석급 비서관들이었다. 움켜쥔 김밥 사이로 밥알들이 터져 나오듯 우스꽝스러운 장면이 연출됐고 이는 정치에 무관심한 국민이 보기에도 무척이나 괴이했을 것이다. 그런 모습들을 여과 없이 전달하기 위해 나는 사실의 나열보다 특정한 매개체를 활용해 의미를 전하기로 했는데, 문제는 그것이

소가 되느냐 돼지가 되느냐였다.

어처구니없게도 〈시무 7조〉 중 가장 큰 난관이 그렇게 다가왔다. 가장 좋은 방법은 서민적이고 각 부위별로 활용도가 높았던 돼지를 이용하는 것이었는데, 문득 생각하니 조지 오웰George Orwell의 《동물농장》을 연상케 하는 것 같아 망설여졌다. 그렇다고 소를 이용하자니 글의 맛이 살지 않을 터였다. 우족보다는 족발이 더욱 대중적이며 친근한 어감을 갖는다. 게다가 꿀꿀대지 말고 처먹지 말 것을 종용해야 했는데, 느긋한 소의 울음, 즉 '음메'하지 말 것과 되새김질을 금하는 거로는 영 기세가 실리지 않을 것이 분명했다. 한참을 고민하던 나는 '돼지의 나라를 세웠으니 이를 도드람 공화국이라 칭하였고'라 쓰며 내심 흡족해했으나 결국 '○○○두마리치킨'이 그랬듯, '도○람' 측의 항의가 두려워 '숯불 공화국'으로 수정했으니 글의 끝과 시작은 정말 아무도 모르는 일이다.

五조에서는 자유와 민주 그리고 인권의 명패를 빌어 불가분적 가치들의 조화를 강조했고 특히 운동권과 참여연대 위주로 이뤄진 정권의 인사 철학을 문제 삼았다. 특히 문재인 정권 내각의 3할은 운동권 출신이 장악했다. 적재적소와 다재다능이란 말은 운동권 앞에 무색하다. 자유와 민주를 왼손에 몰아 쥐게 한 것은 그들에게 결여된 자유의 가치를 부각시키고자 하는 마음이었다.

국정을 이끄는 원동력은 지도자가 가진 사상과 정신에서 나온다고 해도 과언이 아니다. 국가의 지도자는 그것들로부터 영감을 얻고 미래안을 발굴하며 청사진을 제시한다. 인사는 그 과정에서 예견되는 이론의 부재와 정책적 결핍을 보완할 수 있는 인재를 찾아내는 과정이다. 그러나 운동권과 참여연대 출신으로 점철되다시피 한 그의 인사 철학은 보완이 아닌 오도된 사상과 정신의 완성과 같았고, 그 결과 국민은 그의 임기 내내 운동권의 이념적 정책에 시달려야 했다. 명군 곁에는 언제나 죽음을 각오하고 간언을 올리는 충신이 있었다. 같은 연못에서 나고 자란 크고 작은 미꾸라지들은 한 줌 추어탕 거리에 불과하다. 그는 과연 누구에게 한 잔의 술과 함께 영의정의 명패를 하사했는가.

六條에서는 주권의 상징인 국민과 최상위 법령으로서 국민의 기본권을 명시한 헌법을 연관 지어 뜻을 전했다. 대한민국은 민주공화국이며 대한민국의 주권은 국민에게 있고, 모든 권력은 국민으로부터 나온다고 규정한 헌법 제1조 1항과 동조 2항은 국가 근본 체제를 민주공화제로 규정함과 동시에 국민이 모든 국가 권력의 원천임을 선언한다. 그러므로 헌법은 명령과 규제, 징수와 처벌 등이 가능한 하위 법령들로부터 국민의 기본권을 지켜주는 것에 그 목적이 있다 할 것이다. 다만 헌법상의 기본권일지라도 공공복리를 위해 법률로써 제한될 수 있음이 명시돼 있는데, 가장 큰 문제는 문재인 정권이 이를 빌미로 위헌적 발상을 실현하고 그에 따른 논란을 불식시킨다는 점이다. 또한 국민의 기본권을 제한한다는 것은 분명 반대급부를 얻는 계층이 존재한다는 것이니, 지난 4년간 국론이 분열되고 국민이 서로를 증오하게 된 이유가 설명된다.

이제 우리에게 공공복리란 무엇인가? 집값은 전국적으로 폭등했으며 수많은 전·월세 난민이 양산됐고 임대료마저 폭등했다. 세금은 다방면으로 올랐고 무주택자는 내 집 마련을 포기한 지 오래다. 공공복리가 공공의 복수로 되돌아온 셈이다. 그리고 약삭빠른 정치인들은 이 틈을 타 기본 주택, 반값 주택을 외치며 표를 긁어모으고 있다. 더 놀라운 것은 거기에 휩쓸리는 국민이 분명 존재한다는 사실인데, 그들 또한 언제 공공의 희생양이 될지는 아무도 모르는 일이다.

七조에서는 그런 내 마음을 조금이나마 표현하고 싶었다. 결국 지도자를 선출하는 것은 국민이다. 지난 대선, 국민은 각 후보들의 비전을 청취하고 성향을 파악하며 도래할 나날들을 가늠할 기회가 있었다. 그러나 우리는 무엇을 듣고 무엇을 눈여겨본 것인가. 우리의 눈은 전 정권을 향한 분노로 가려져 있었으며 우리의 귀는 광화문의 함성에 묻혀 이성의 차분한 목소리를 듣지 못했다. 감성은 우리를 국가 발전의 미래가 아닌 과거의 단죄에 집착하게 했고, 넘실대던 촛불은 나라다운 나라를 만들겠다는 그가 지도자다운 지도자인지 검증할 기회소차 주지 않았다. 그 거대한 물결 앞에 어떤 누구도 그의 신념을 알려 하지 않았고 사상과 철학을 묻지 않았으며 그가 어떤 정책을 펼칠 것인지 예견하지 못했다. 집단화된 사념들이 언론을 통해 객관화되고 적폐 청산의 시대정신으로 정치권마저 장악했을 때, 우리는 이미 받아들인 것이다. 대한민국의 정치사 중 어느 5년은, 정적을 향한 복수와 과거사에 대한 집착으로 잠시 공백으로 남게 되었음을 말이다.

일신은 불가능하다. 내가 전한 것은 불가능의 말들이었다. 사람은 믿음으로써 존재한다. 또한 믿음 아래 행하며 믿는 자들에 의해 기억된다. 자신이 믿어온 모든 것들을 버린 후에야 사람은 겨우 변하게 마련이다. 그는 아직 나라다운 나라를 만들 수 있다는 믿음을 버리지 못했다. 그러나 나라다운 나라는 어디에도 없다. 그를 믿는 자들로부터 기억될 친문의 나라가 있을 뿐이다.

글의 말미에 태풍은 소멸하였으며 역병 또한 곧 물러갈 것이라 썼으나 곧 지웠다. 역병은 아직 그대로다. 북국의 돈왕은 원래 북국의 핵돈제로 표현됐으나 마찬가지로 곧 지웠다. 유치해 보이는 듯했다. 정제되지 못한 표현과 저급한 비난은 글이 끝나는 순간까지 마음에 담아두었다. 그러나 잘못된 정책으로 실질적인 피해를 감수해야 하는 국민의 입장에서 솟구치는 화를 다스리지 못했다.

모든 건 사람에게서 나온다. 사람의 씨가 말라가는 현실을 외면할 수 없어 저출산 문제에 대한 간언을 생각했다. 그러나 시급한 과제를 뜻하는 시무를 인용하며, 정작 가장 시급한 저출산 문제를 언급하지 못했다. 부끄러운 일이다.

이 밖에도 성별 갈등만 초래할 뿐 제 역할을 다하지 못하고 있는 여성가족부를 폐지할 것과 학대와 방임 상태에 놓인 아이들을 구제하는 아동 전담 부처의 신설을 간언하려 했다. 그러나 그러지 못했던 이유는 비난과 조롱의 편안함을 아는 내가 덜 순수해서이고 글에 진심을 담지 못해서겠다.

이제 나는 자유로움을 느낀다. 돌이켜보니 글은 생각의 압축 과정에 지나지 않았다. 내가 가진 언어의 틀은 수많은 생각들을 쏟아붓기엔 몹시도 작았음을 안다. 뒤늦게 흘러넘친 생각들을 쓸어 담는 일이 꽤나 근사하게 느껴지는 건, 그만큼 미련이 남아서겠다. 그 미련을 이곳에 담았다.

글은 때론 단 한 문장에 주저앉기도 하며 낱말 하나에 다시 날아오르기도 했다. 지나온 삶 역시 그래 왔다. 외려 작은 것들이 타오르는 희망의 불씨가 되었다. 나는 불확실성에 기대어 살아가는 모든 사람이 또한 그럴 것이라 믿는다. 내게 다가온 세상이 그게 사람이고 삶이라 했으며, 남겨진 세상에 그 사실을 전하라 했다.

오천만의 백성은 오천만의 세상과 같다고, 결국 쓰지 못하고 글을 닫았다. 선한 자가 가진 무한한 자유를 말하고 싶었고 모든 사람이 가진 모든 사랑을 말하고 싶었다. 그러나 나는 나의 세상에서 살며 쓴다. 그러니 그 뜻은 오천만의 찬란한 세상에서 각자 해석될 일이다.

〈그 후의 이야기〉

조국 사태 이후였다. 진보 진영의 지식인들이 하나둘씩 정권에게서 등을 돌리기 시작했다. '조국 흑서'가 출간됐을 무렵, 이미 여론은 폭발할 조짐을 보이고 있었다.

소득주도 성장론은 힘을 잃은 지 오래였다. 정권의 지지율을 떠받들다시피 한 대북 정책은 숱한 모욕과 함께 몰락했다. 정권을 향한 분노는 집값 대란과 함께 응축된 힘으로 분출됐고 진중권, 서민을 비롯한 '조국 흑서' 필진과 윤희숙, 김근식 등 야권의 맹활약으로 한때 언론은 그들의 말과 글을 실어 나르기에 분주했다.

그해 여름, 실검을 장악하며 쏟아지던 언론 보도에 잠시 움츠렸던 나는 다시는 글을 쓰지 않을 생각이었다. 〈시무 7조〉라는 상수문 형식의 글은 정치인 특유의 논평에서 벗어난 새로운 감성적 요소를 갖추고 있었을 뿐, 나는 그 한계를 넉넉히 알고 있었다

조은산은 필명에 불과했고 글은 더 쓰지 않으면 될 일이었다. 벗어날 기회는 충분히 주어진 것이다. 그러나 난 그렇게 하지 못했다. 나의 글이 세상에 알려졌다는 성취감에 젖어들었던 나는 더 많은 말들을 세상 앞에 외치고 싶었기 때문이다. 일개 시민으로서, 정책의 희생양으로서, 가족의 미래를 내맡긴 가장으로서 나는 많은 것들을 감내해야 했으니 그에 따른 분노의 표출도 일종의 자격이자 누려야 할 권리라 여겼다.

또한 나는, 삶은 언제나 변하기 마련이라 생각했다. 최초 〈시무 7조〉의 존재를 알린 《문화일보》의 이신우 논설고문이 그런 내게 글을 보내왔다. 일상으로 돌아가려는 것이냐 물었다. 글에 힘이 실렸으니 세상을 바꾸는 데 써보지 않겠냐고도 물었다. 그의 말을 몇 번이고 곱씹던 나는 얼마 후 아내에게 말했다. 우리의 삶이 이제 변할지도 모르겠다고. 그러자 아내는 이렇게 답했다. 우리의 삶은 이미 변한 것과 같다고, 당신이 그 글을 쓴 날 이후로 이미 그래 왔다고 말이다.

어느 순간부터 담담해졌음을 느낀다. 당신이 조은산이냐며 멱살을 잡을 것만 같던 행인들이 정작 내게 별 관심이 없다는 걸 알았을 때는 가을이었다. 갈 곳 잃은 마음을 붙잡느라 바쁜 가을에 오히려 마음을 내려놓으니 잠시 편안해졌다.

이제 글을 그만두라며, 직장도 잃고 다 잃고 싶냐던 어머니를 향해 도리어 큰소리쳤다. 나라가 개판인데 내 밥그릇이 문제냐며, 또다시 철없던 십 대 시절로 돌아간 듯 나는 응수했다. 얼어붙은 심장이 깨질 듯 뛰었는데 그때는 겨울이었다.

언젠가 어머니가 들려줬던 말을 떠올렸다.

"흐르는 강물처럼 흘러가는 대로 사는 삶도 나쁘진 않아."

그리고 그 기억은 안절부절못하던 어머니를 달래주기 위해 유용했다.

"강가에 서서 바라보니 물살이 변했고 방향도 틀어졌어. 이제 나더러 이렇게 살라고 말하는 듯해."

"어머니의 말씀처럼 흘러가는 대로 살게요."

그날 이후로 어머니는 두 번 다시 나를 만류하지 않았다.

그렇게 봄이 오기 전까지 몇 개의 글을 더 썼다. 마음속에 그려놓은 문형을 깨트리고 글 같지 않은 글들을 뱉어냈다. 흉한 속뜻을 감추려 아름다운 말들을 끌어내 위시했고 철학적 빈곤이 부끄러워 중의적인 표현들로 덧입혀 위장했다. 먹먹한 가슴이 아닌 지독한 혀에서 흘러나온 듯한 시궁창 같은 글들도 때론 있었다. 시궁창 같은 세상에 나라고 별수 있겠느냐 생각하니 조금은 마음이 놓이기도 했다. 좋은 글은 좋은 생각에서 나오며 아름다운 글은 아름다운 마음에서 나온다. 그러나 이 시대의 정치를 논하며 좋은 생각을 품고 정치인들을 향해 아름다운 마음을 간직한다는 건 불가능에 가깝다. 나는 그럴 자신이 없었다. 한낱 사람에 불과한 나는 적의에 의해 겨우 버티고 선 듯하나.

이제 여름이 다시금 그 열기를 뿜을 채비를 갖추고 있다. 달아오를 대지를 달래주려는 듯 많지 않은 비가 잠시 내렸던 날이 있다. 나는 거실 창에 묻어나던 비를 물끄러미 바라보았다. 그런 내게 아들이 다가와 물었다.

"아빠. 비가 왜 오는지 알아?"

"글쎄, 아빠는 잘 모르겠네. 너는 알아?"

"비가 엄마를 잃어버렸대. 비는 슬프대. 그래서 오는 거야."

그리고 비의 엄마는 누구냐던 나의 물음에 구름이라고 답하던 아들의 맑은 얼굴이 떠올라, 나는 잠시 지난 글을 되돌아본다. 나의 글은 누구와 닮았으며 무엇에 닿지 못해 슬픈 건지 말이다.

어느샌가 나는 정치인들과 닮은 말들로 상대 진영의 인사를 공박하고 있는 나 자신을 본다. 색감을 풀어 남겨진 여백을 수놓는 게 아닌, 이미 짙게 물든 한쪽 세상을 검게 덧칠하는 내 글을 본다. 구름을 잃은 빗방울이 그토록 슬픈 아이의 세상이 여기에 있다. 그 순수를 지키려는 나는 지금 어떤 글을 쓰고 있는가.

비가 그치고 맑게 갠 하늘이 선연하다. 한동안 나는 아들의 생각을 생각했고 아들의 말을 되뇌었다. 그리고 소망하건대, 나는 이 모든 상념에서 벗어나야겠다. 그날이 진정한 논객이라 불리는 그 세상으로의 진입일 것이다. 나에겐 피아식별 장치가 고장이라도 난 듯, 전후좌우로 포탄을 쏘아대는 전차와 같은 삶이 어울리지 않는다. 그 전장의 포성은 이미 익숙한 자들의 몫이니, 후방에 숨어든 나는 아련하게 사무치는 순간의 삶을 논하고 싶다. 아버지와 나의 순간을 논하고 나와 내 아이의 순간을 논하고 싶다. 그대의 아픔과 나의 아픔 간에 교집합이 있다면 내가 먼저 꺼내어 들려주고 싶다. 사람과 사랑이 빚은 영원의 삶이 거기 있을지도 모른다.

아이들과 많은 시간을 함께하지 못했다. 내 아내의 노고를 빌려 글을 썼다. 세상일에 시시콜콜 간섭하며 정작 가장 소중한 것들을 잊고 지냈다.

잠을 제대로 잔 적이 없다. 술과 커피에 의존해 글을 쓰느라 건강 또한 많이 상했다. 뭣 하나 제대로 돼가는 게 없는 듯하다. 그런데도 나는 여전히 글을 쓴다. 이유는 별거 없다. 상식이 지배하는 세상을 향한 열망이 아직까진 내게 남아 있기 때문이다.

그러나 곧 끝날 이야기다. 나의 글은 결국 어디론가 향하게 될 것이다. 그에 따른 업보가 있다면, 내가 감당할 수 있을 만큼의 것이기를 바란다. 아들에게는 햇살을 머금은 빗방울이 다시 하늘로 올라가 구름과 만났다고 전해줬다. 그날, 아들은 눈부시게 웃었다.

에필로그

어쩌다 여기까지 왔는지 모르겠다. 아침에 눈을 뜨고 저녁에 집에 돌아와 아내가 차려준 밥을 먹는다는 것. 그게 나는 세상일의 전부인 줄 알고 살았다.

사라지는 것들에게서 연민을 느꼈고 맹렬히 솟아나는 것들에게서 알 수 없는 두려움을 느꼈다. 그리고 정치라는 것이, 나에게 허용된 영역이 아니었음에도 불구하고 나와 내 이웃들의 삶을 철저히 지배하고 있다는 사실을 알게 되었던 그 날 밤, 하필이면 술에 젖어 있던 게 죄라면 죄였을까. 단 한 편의 글로 인해 나는 지금 알 수 없는 곳에 홀로 서 있는 듯하다.

문득 돌아보니 많은 일들이 있었다. 떨리는 손으로 출간 계약서에 서명을 했던 그 날 이후로, 무슨 말을 해야 할지 몰라 수많은 밤을 하얗게 지새웠다. 답답한 마음에 담당자에게 전화를 걸어 모든 걸 없던 일로 하자며 무책임한 모습을 보이기도 했고, 글 바라지에 지친 아내에게 되레 화를 내기도 했다. 글이 급하다거나 혹은 헤매는 것처럼 보인다면, 아마도 내가 그런 마음이어서 그렇게 쓴 이유겠다.

많은 정치, 사회 비평 도서들을 참고했다. 그러나 어느 순간 그들의 글을 닮아가고 저명인사들의 말을 인용하며 도표와 수치 등의 자료에 집착하는 내 모습에 쓰던 글을 모두 지웠다. 그리고 나다운 글을 쓰기로 결심한 게 불과 몇 달 전이니, 출간이 늦어지게 된 이유가 조금은 설명될 수 있을 것 같기도 하다.

이 보잘것없는 글 뭉치가 세상 어디까지 스며들 수 있을까? 나는 그저 바란다. 걸음과 걸음이 모여 행진이 되고 희망과 희망이 모여 기회가 되듯, 내 작은 목소리가 상식의 편에 선 자들의 함성이 되기를. 그로 말미암아 언젠가 정의로운 정의가 찾아온다면, 나는 그제야 두 아이의 손을 잡고 한때 내가 그런 글을 썼다 웃으며 말할 수 있겠지. 그 길 위에 지난겨울, 우리 곁을 떠난 한 작은 아이가 방긋 웃고 있다면 우리 손에 손을 맞잡고 함께 걸어가리라.

이 책이 나오기까지 많은 분들께 빚을 졌다. 귀한 시간을 내어 추천사를 실어주신 윤석열 전 검찰총장님, 윤희숙 의원님, 서민 교수님, 김범준 작가님께 감사드린다. 무심한 두 조심스레 대선 후보 두 분을 연배 순으로, 저자로 활동하신 두 분 또한 연배 순으로 정렬했음을 미리 밝혀둔다.

내가 싫어하는 사람 리스트에 '사정없이 원고를 독촉하는 못된 편집자'를 추가했음을 같이 밝힌다. 그러나 내가 좋아하는 사람 리스트에 '내 글처럼 아껴주고 가다듬어 주는 프로페셔널한 편집자' 또한 추가했음을 마저 밝힌다. 지금 시각 23시 55분. 그는 지금도 나의 이 글을 기다리고 있다. 건투를 빌 뿐이다.

가장 큰 빚을 아내에게 졌다. 코로나에 갇힌 그녀는 두 아이의 육아를 홀로 떠안으며 남편의 글을 응원했고 가장의 빈자리를 지켰다. 언젠가 살아가며 크게 되갚을 날이 오겠지. 그러나 다시 말하지만 나는 결코 쉽게 말하지 않는다. '사랑해'라는 그 미안한 말을. '사랑해'라는 그 고마운 말을.

숨이 막혀 주저앉고 싶을 때마다 내 글을 아끼는 여러 사람들의 댓글과 메일, 안부를 통해 마음을 다잡았다. 나의 가장 큰 자산은 글로 맺어진 인연, 그 보이지 않는 끈을 길게 늘어트린 바로 당신과 나일 것이다.

마지막으로 다시 내 아들에 관한 이야기를 꺼내지 않을 수 없다. 오도카니 서서 창밖을 내다보는 아들에게 무얼 하고 있냐 물었더니 "세상을 보고 있어"라는 대답이 돌아왔고, 얼마 후 가만히 앉아 두 눈을 끔뻑이는 아들에게 또한 물었더니 "마음을 읽고 있어"라는 대답이 돌아왔다. 피는 어쩔 수 없는 건가.

언젠가 다시 혼돈의 시대가 도래한다면, 그때 글을 쓰게 되는 건 아마도 저놈일 테다.

시 무 7 조

초판 1쇄 2021년 8월 20일

지은이 조은산
펴낸이 서정희
펴낸곳 매경출판㈜
책임편집 서정욱
마케팅 강윤현 이진희 장하라
디자인 김보현 김신아

매경출판㈜
등록 2003년 4월 24일(NO. 2-3759)
주소 (04557) 서울시 중구 충무로 2 (필동1가) 매일경제 별관 2층 매경출판㈜
홈페이지 www.mkbook.co.kr
전화 02)2000-2630(기획편집) 02)2000-2636(마케팅) 02)2000-2606(구입 문의)
팩스 02)2000-2609 **이메일** publish@mk.co.kr
인쇄·제본 ㈜M-print 031)8071-0961
ISBN 979-11-6484-308-4(03810)